Amal Blu

Es ist Zeit zu gehen

Verlag: tredition GmbH, Hamburg

Bibliografische Information der Deutschen Nationalbibliothek:
Die Deutsche Nationalbibliothek verzeichnet diese
Publikation in der Deutschen Nationalbibliografie;
detaillierte bibliografische Daten sind im Internet
über http://dnb.d-nb.de abrufbar.

Die Autorin

Amal Blu, Germanistin, Romanistin und Reiseautorin mit Leib und Seele ist ein Kind der frühen 1970er Jahre mit italienischem und französischem Migrationshintergrund. Sie ist seit ihrer Kindheit eine begeisterte Leserin gewesen und hat überall ein Buch mitnehmen müssen. Zuerst Leseratte, dann Autorin.

Nach Ihrem Studium hat Sie drei wissenschaftliche Arbeiten verfasst und wagt sich auf ein weiteres Terrain: das Self Publishing.

Ihre Leidenschaften sind mit Ihrem Mann, um den Globus zu reisen, neue Freundschaften zu knüpfen und neue Kulturen, die sich oft in Ihren Werken wiederfinden, zu entdecken. Beim Tanzen und Geschichten schreiben, findet Sie Entspannung und Distanz zu Ihrem Alltagsleben und kann in fremde Welten eintauchen.

Aufgrund langer Wartezeiten bei der Einreichung eines Manuskriptes bei einer Literaturagentur oder einem Verlag, hat Amal Blu sich dazu entschlossen, Ihre Projekte selbst zu realisieren: Sie hat das Self Publishing als schnelle und zeitgemäße Methode entdeckt.

Natürlich würde Sie sich freuen, wenn Ihr erfrischender Schreibstil oder der inspirierende Plot Ihrer Werke den Lektoren eines passenden Verlags gefallen würde. So würde Sie auch den klassischen Weg zur Veröffentlichung einschlagen können. Des Weiteren könnte Sie auf die Betreuung eines erfahrenen Lektorats zurückgreifen.

Die Autorin freut sich über jegliches Feedback und gibt sehr gerne weitere Auskünfte über das Grand Resort Bad Ragaz, die Ostschweiz, das Tessin, Mailand oder die Schönheitschirurgie.

Email: amalblu22@gmail.com

Facebook: Amal Blu

Kontakt: amalblu22@gmail.com

Es ist Zeit zu gehen

erzählt die Geschichte des geschiedenen dreiundfünfzigjährigen Dr. Hans Becker, der als verantwortungsvoller und leidenschaftlicher Hautarzt seit über 20 Jahren in seiner eigenen Praxis in einer deutschen Großstadt arbeitet.

Allerdings spürt er immer stärker, dass er mitten in einer Lebenskrise steckt und irgendwie nicht mehr in diese handy- und profitorientierte Welt passt. Ständig regt er sich über irgendetwas oder irgendjemanden auf: die europäische Wirtschaftskrise, die korrupte Pharmaindustrie, das im Vordergrund stehende wirtschaftliche Überleben der städtischen Krankenhäuser und die daraus resultierenden Folgen (mangelnde Krankenhaushygiene, unnötige aber lukrative operative Eingriffe), die teilweise unprofessionellen jungen Kollegen, die Reformen des Bildungsministeriums, die soziale Spaltung zwischen Arm und Reich, die Flüchtlingspolitik…

Sein früherer Studienfreund, Dr. Werner Rudi Löhle, der in einem Dorf in der Schweiz eine eigene Praxis für Magen- und Darmerkrankungen führt, bemerkt die veränderte Gemütslage seines Freundes und lädt ihn zu sich in die Ostschweiz ein. Bei einer gemeinsamen Wanderung zum weltbekannten Äscher fühlt Dr. Becker wie sich innere Zufriedenheit und Ausgeglichenheit in ihm regen. Er kann wieder frei atmen. Nach aufschlussreichen Gesprächen über die deutsche Gesundheits-, Bildungs-, Einwanderungs- und Arbeitsmarktpolitik rät ihm Dr. Löhle, Deutschland zu verlassen und in die Schweiz zu kommen. Es folgen Tage und Wochen intensiven Nachdenkens über die berufliche und private Zukunft Dr. Beckers, der sich seines begrenzten Lebens bewusst wird und seine kostbare Lebenszeit nicht weiter vergeuden möchte.

Kurz vor Weihnachten schließt er seine Praxis für immer in Deutschland und reist voller Zuversicht auf eine zufriedene Zukunft in die italienische Schweiz. In Lugano angekommen, tauchen viele Erinnerungen an seine geschiedene Frau, die er in Como kennengelernt hat, auf. Er besucht im Tessin einige Praxen, die entweder zur Übernahme oder zum Verkauf stehen, und er merkt zum ersten Mal, dass ein Umzug in die Schweiz nicht so leicht ist, wie er es sich vorgestellt hat.

Sein Freund, Dr. Löhle, berät ihn und steht ihm zur Seite.

Auch gibt es für Dr. Becker verschiedene Möglichkeiten in der Ostschweiz – zum Beispiel in dem Medizinischen Zentrum in Bad Ragaz – zu arbeiten. Bevor Dr. Becker eine Entscheidung trifft, reist er für einige Tage in die Modemetropole Mailand. Dort besucht er die Oper und unterhält sich mit

Freunden über die besorgniserregende italienische Wirtschaft und den Kulturverfall.

Nach der Italienreise gibt das Buch Aufschluss über Dr. Beckers weiteren beruflichen Werdegang. Er lernt den bekannten Schönheitschirurgen Prof. Dr. Dr. med. habil. Werner L. Mang persönlich kennen und lernt sehr viel von dem selbst ernannten Nasen-Papst, der u.a. Europas größte Schönheitsklinik für ästhetische und plastische Chirurgie aufgebaut, hat.

Anmerkung:

Im Manuskript vorhandene **reale Persönlichkeiten** und Örtlichkeiten:
Prof. Dr. Dr. med. habil. Werner L. Mang, Bodenseeklinik in Lindau, Mangklinik Swiss in Rorschach
Sybille Mang, ManGallery in Lindau

Prof. Ivo Pitanguy, Pionier der plastischen Schönheitschirurgie, am 6.8.2016 in Rio de Janeiro verstorben

Prof. Dr. Roger Stupp, ehem. Chefarzt und Direktor der Klinik für Onkologie am Universitätsspital Zürich

Thomas Bechthold, ehemaliger GM der Grand Hotels in Bad Ragaz
Miriam Bless, Etagengouvernante im Grand Hotel Hof Ragaz
Monica Brioschi, Marco Fuzier, Besitzer des Boeucc in Mailand
Xhemile Ismajli, Zimmermädchen im Grand Hotel Hof Ragaz
Peter Koszak, Pianist der Grand Hotels
Ireneo Lara, Sushi-Meister im Namun

Pira Mampasi, Stv. Chef Concierge im Grand
Hotel Hof Ragaz
Marco Zanolari, Generalmanager: Grand
Hotel Quellenhof & Spa Suites / Grand Hotel Hof
Ragaz in Bad Ragaz

Grand Hotels in Bad Ragaz
Grand Hotel Villa Castagnola in Lugano
Villa d´Este in Cernobbio

Bergasthaus Äscher im Alpstein
Berggasthaus Pardiel in Bad Ragaz

Im Manuskript vorhandene fiktive Personen:
Dr. Hans Becker
Dr. Werner Rudi Löhle
Dr. Peter Pack
Dr. Daniele Rosso
Dr. Irene Schümmli
Dr. Tobias Trümlig
Dr. Andrea Zacchera sowie Carlo, Carlotta, Hilde-
gard, Sabine, Sibille und Paul

Der eifrige und achtsame Arzt Hans Becker arbeitet seit mehr als 20 Jahren als leidenschaftlicher Hautarzt mit eigener Praxis in einer europäischen Großstadt. Obwohl seine zufriedenen Patienten seine Kompetenz und Professionalität schätzen, möchte er seit einigen Jahren seiner beruflichen Laufbahn in Europa ein Ende setzen. Er kann es nicht mehr mit seinem Gewissen verantworten, dass er, als Hautarzt, gemäß einer neuen Regelung, regelmäßig an den Wochenenden und auch unter der Woche nach der anstrengenden Arbeit in seiner Praxis übermüdet und ohne die nötige Zusatzausbildung Notdienst in einem städtischen Krankenhaus verrichten muss. Dort kommen Patienten mit den unterschiedlichsten Krankheitsbildern und facettenreichsten Symptomen zu ihm, da er der diensthabende Arzt ist. Wie soll er, als Hautarzt, zum Beispiel einem schwer herz- oder lungenkranken Patienten oder einem Kleinkind, die in diesem Fall beste Notfallmedizin gewährleisten können. Dr. Becker fühlt sich moralisch dieser Situation nicht mehr gewachsen.

Auf einem Kongress zum Thema „Krankenhaushygiene" und „Notfallmedizin" erfährt er in einem Gespräch mit einem seiner jüngeren Kollegen die erschreckende Tatsache: auch ausgebildete Notfallmediziner erstellen unter Stress oft einen falschen Krankheitsbefund und nehmen sich ihre Fehldiagnose nicht zu Herzen. Weiterhin betont ein Arbeitskollege, ein junger Lungenspezialist, er habe letztens im Krankenhaus bei einem neunzigjährigen Patienten eine leichte Bronchitis diagnostiziert und erst viel später gemerkt, dass der Mann an einer Thrombose mit bereits vorhandener Lungenembolie erkrankt sei. Aber so spiele das Leben, der Mann habe ja überlebt, glaube er. Dr. Becker ist fassungslos und kann es kaum glauben, was er eben gehört hat. Ein Pneumologe, der einen solchen Fehler begeht, ist für ihn nicht tragbar. Wo bleiben die Berufsehre und das medizinische Grundwissen? Er, als Dermatologe, nimmt sofort Blut ab und untersucht den D-Dimer-Wert, um eine Thrombose auszuschließen. Das lernt doch wirklich jeder Medizinstudent während seines Studiums und in seiner praktischen Ausbildung, murmelt Hans Becker zähneknirschend vor sich hin und lässt den Kollegen kopfschüttelnd stehen. Beim gemeinsamen Abendessen mit weiteren "frisch gebackenen" Medizinern, die sich über ihre abenteuerlichen Dia-

14

gnosen lustig machen, spürt er, wie Wut und Tränen gleichzeitig in ihm hochsteigen, aber er unter-
drückt seine Gefühle, da er merkt, wie sehr er zu
diesem Zeitpunkt dem herrschenden System ohn-
mächtig ausgeliefert zu sein scheint. Eine "halb-
wüchsige" Allgemeinärztin erzählt von einem kleinen Jungen, der mit heftigen Bauchschmerzen in
ihre Praxis gekommen ist. Sie habe ihn fieberhaft
untersucht, aber nichts feststellen können. Da die
Mutter ihr über einen Schwimmbadbesuch berichtet habe, habe sie dem achtjährigen Kind ein Anti-
biotikum wegen des Verdachts auf eine Blasenent-
zündung verschrieben und es zur Urinanalyse ge-
schickt. Zwei Tage später habe sich der bereits
stark febrile Junge in ihrer Sprechstunde vor
Schmerzen gekrümmt, und sie habe eine Blutunter-
suchung veranlasst. Am darauffolgenden Tag habe
die Mutter ihres kleinen Patienten die übelsten
Schimpfworte gegen sie am Telefon geäußert, da in
der Nacht der geplatzte Blinddarm des Sohnes not-
operiert werden musste. Sie aber sei sich keines
Fehlers bewusst, sie habe eben noch keine unter
diesen Symptomen leidende Person untersucht und
schließlich könne sie nicht mehr als zehn Minuten
in den jeweiligen Patienten investieren, denn sie
müsse am Ende des Monats die laufenden Kosten
decken und möchte sich auch von Zeit zu Zeit et-

was gönnen. Diese Hausärztin ist für den verantwortungsbewussten Dr. Becker eine egoistische und unmündige Dilettantin, die ihren Doktortitel sofort freiwillig abgeben müsste. Ihr Verhalten dürfte von der Ärztekammer nicht so einfach hingenommen werden und müsste Konsequenzen nach sich ziehen.

Immer öfters fällt Hans Becker auf, dass er irgendwie nicht mehr in diese Welt passt. Er hat seinen Beruf in Europa in den letzten 25 Jahren stets gewissenhaft ausgeübt, weil für ihn das Wohlbefinden eines jeden einzelnen seiner Patienten an oberster Stelle stand und auch in Zukunft stehen wird. Aber in der heutigen Welt geht es anscheinend nur um das Geld. Zeit ist Geld, Geld bedeutet Macht und wer das Geld hat, besitzt die Macht. Fast jeder strebt nach Geld, aber warum ist dieses Ziel so erstrebenswert? Ein Mediziner müsste seinen Beruf mit Stolz und Ehre ausüben und sich zuerst um den Kranken kümmern, egal wieviel Zeit er für diesen benötigt, denn der Arzt steht eher auf der rettenden als auf der zerstörerischen Seite der Welt. Aber so funktioniert Medizin meistens nicht mehr. Viele Ärzte sehen nur noch den Euro; die Krankenhäuser die schwarzen Zahlen anstatt den leidenden Menschen. Alles muss kostensparend erledigt werden, die Kliniken rationieren überall, setzen Generika ein und sparen so Millionen von Millionen jedes Jahr ein, und nach einer Operation wird der Patient so schnell wie nur irgendwie möglich entlassen. Hauptsache das Hospital erwirtschaftet Gewinne. Daher wird so viel wie nur möglich, und oft unnötig operiert. Studien belegen diese Äußerung, da sie beweisen, dass viele Eingriffe sich eher für das Krankenhaus als für den Patienten lohnen; operative Eingriffe werden im europäischen Gesundheitssystem sehr gut vergütet. Das Krankheitsbild entscheidet schon lange nicht mehr über die Notwendigkeit einer Operation, einzig und allein der wirtschaftliche Druck, dem sich das Spital ausgeliefert fühlt, hat Priorität. Vor einem Jahr hat Dr. Becker zufällig auf einer Tagung Dr. Peter Pack, einen Luxemburger Ophthalmologen, wiedergetroffen. Beide haben sich während des Studiums kennengelernt, aber danach leider aus den Augen verloren. Peter hat ihm bestätigt, dass es in den luxemburgischen Krankenhäusern nur um die strikte und kompromisslose Einhaltung des Jahreswirtschaftsplanes, welcher viel zu gering bemessen sei, gehe. Der Klinikbetrieb dürfe unter keinen Umständen rote Zahlen schreiben. In diesem Zusammenhang spricht er offen über einen Vorfall, der ihn und seine Karriere erheblich getroffen hat: „Ich habe meine Tätigkeit als Augenarzt in einem öffentlichen Spital während zehn Jahren ausgeübt. Als ich an einem Montagabend die Klinik verlassen wollte, hat mich der damalige Direktor zu sich ins Büro gebeten. Ohne Umschweife hat er mir mitgeteilt, ich würde nicht genug arbeiten. Da ich glaubte, ihn nicht richtig verstanden zu haben, weil ich der Meinung war, ich würde doch tagtäglich von morgens bis abends im Dienste meiner Patienten stehen, an den meisten Wochenenden den Notdienst übernehmen, gab er mir zu verstehen, ich müsse wirtschaftlicher arbeiten. Im Klartext solle ich jeden Montag und jeden Mittwoch von 8:00-20:00 Uhr operieren, denn nur so könne das Krankenhaus mit mir Gewinne erwirtschaften. Ich war fassungslos und versuchte ihm zu erklären, ich würde nur Kranke operieren, die wirklich eine Operation benötigen. Eine Glaukom- (grüner Star) oder eine Katarakt- (grauer Star) Operation am Auge birgt trotz modernster Lasertechnik immer Risiken und ich würde meine Patienten nur im Falle einer medizinischen unaufschiebbaren Notwendigkeit operieren. Am darauffolgenden Montag versorgte ich wieder einmal lediglich vier Patienten operativ und musste mich dafür erneut bei der Klinikleitung rechtfertigen. Da ich meinen Standpunkt nicht ändern wollte, verließ ich- freiwillig gezwungen- die Klinik zum

1.1. 2004. Nun aber habe ich mir viele medizinische Geräte zur Ausübung meines Berufes selbst kaufen müssen. Ich nahm einen Bankkredit auf und schaffte mir die besten Untersuchungsgeräte an. Nur so habe ich meinen Beruf gewissenhaft weiterausüben können. Für mich sind die Augen neben den Ohren die wichtigsten Sinnesorgane eines jeden Menschen und ein Arzt muss alles tun, damit seine Patienten bis ins hohe Alter hinein über eine ungetrübte Sehkraft verfügen können. Ich habe allerdings keine Operationen mehr machen können, da ich in keinem Spital mehr arbeiten will. So überweise ich die wenigen Kranken, die operiert werden müssen zu einem vertrauensvollen Kollegen. Ich arbeite noch heute so und nur so macht der Beruf mir Spaß und ich zähle auf meinen erwachsenen Sohn, der hoffentlich nach seinem Studium meine Praxis übernehmen wird". Mit diesem geäußerten Wunsch beendet Dr. Pack seinen Monolog und Dr. Becker stellt betroffen fest, dass der Geldbeutel in fast allen europäischen Kliniken das Handeln bestimmt. Gespart wird aus diesem Grund auch an den Hygienemaßnahmen, denn adäquate krankenhaushygienische Richtlinien, welche Desinfektion und Sterilisation betreffen, sind sehr teuer und zeitraubend. Noch nie gab es so viele an multiresistenten Keimen erkrankte Patienten nach einer

Operation oder einem ambulanten bzw. stationären Klinikaufenthalt wie in den letzten Jahren, und die Zahl steigt erschreckend in die Höhe. Die Feststellung der dramatischen Infektionsexpansion mit hochresistenten Krankenhauskeimen wird auch auf dem Kongress bestätigt, aber anstatt der Wahrheit ins Gesicht zu blicken, referieren die Mediziner bzw. Klinikleiter nur über belanglose Statistiken und über ähnlich alarmierende Situationen im benachbarten Ausland. Weiterhin wird auf wichtige Gremien verwiesen, die sich mit einer Lösung des Problems beschäftigen. Diese Expertengruppen, die aus Deko Figuren (Männer und Frauen) bestehen, müssten ihre Aufgabe erfüllen, aber Hans Becker ist sich dessen bewusst, dass diese nur der Beschwichtigung der Bevölkerung dienen werden, denn das medizinische Interesse tritt in den Hintergrund, wenn das wirtschaftliche Überleben der einzelnen Kliniken im Vordergrund steht. Spätestens jetzt müsste er Halt rufen, dieses groteske Szenarium beenden, dieser Farce ein Ende setzen, aber er weiß genau, er würde niemanden mit seinem Stopp aufrütteln. Die herrschenden Zustände sind doch gewollt, jeder halbwegs intelligente und kritisch denkende Mensch kennt die Lösung. Der gesunde Menschenverstand zeigt einem den richtigen Weg. In privaten ausländischen Kliniken in Asien oder in den Vereinigten Arabischen Emiraten infiziert sich niemand mit den Krankenhausbakterien. Die dortigen in- oder ausländischen Ärzte und Krankenhausmitarbeiter fühlen sich noch dem Wohl des Kranken verpflichtet und arbeiten vorbildlich und fieberhaft im Dienste der Hygiene, der Wissenschaft und der Humanität. Natürlich gibt es in der EU auch Kliniken, die in jeder Hinsicht sauber arbeiten und für die der Kranke immer Priorität hat, aber die sind eher spärlich zu finden und meistens sind es nur private Krankenhäuser oder Schönheitskliniken.

Nach dieser ernüchternden Tagung begibt sich Dr. Hans Becker gleich auf sein Zimmer, da er sehr gerne auf den Absacker an der Hotelbar mit seinen Berufsgenossen, die nur am schnellen Geld interessiert sind, verzichtet. Nie hätte er die Entwicklung der "Europäischen" Gesellschaft in diese negative Richtung für möglich gehalten. Wie kann es sein, dass solche "Stümper" den Doktortitel erhalten und würde- und gedankenlos an Menschen herumexperimentieren? Ärzte müssten sich doch durch ein umfangreiches Wissen auszeichnen? Sie müssen allerdings ihr vorhandenes Wissen stets erweitern und ein Leben lang lernen, da sie sich regelmäßig mit neuen Diagnoseverfahren und neuesten Operationsmethoden kritisch auseinandersetzen sollen. Für die Teilnehmer dieses Kongresses scheint sich diese Berufsauffassung, fundamental geändert zu haben. Sie sind vor allem an einer unbeschwerten und spaßorientierten Zeit fernab des Berufsalltags interessiert. Hauptsache man hat Spaß, so lautet das Motto vieler junger Menschen, aber Vergnügen und Arbeit sind nicht immer harmonisch miteinander in Einklang zu bringen. Arbeiten bedeutet motiviert, akribisch, professionell, effizient und kompetent einen bestimmten Beruf auszuüben, damit es dem Einzelnen oder der Gesellschaft bessergeht. Auf keinen Fall darf die Befriedigung der eigenen materiellen Bedürfnisse an erster Stelle stehen. Leider befindet sich die Berufswelt in einem besorgniserregenden Wandel. Bevor Dr. Becker seinen Gedanken freien Lauf lassen kann, klingelt das uralte robuste Nokia 8210. Sein bester Freund, Dr. Werner Rudi Löhle, möchte ihn zu einem gemeinsamen Wanderwochenende in die Schweiz einladen. Hans Becker willigt sofort ein. Er durstet nach geistiger und seelischer Nahrung und so verabreden sich beide für kommenden Freitagabend in der Ostschweiz.

Wie schon so oft in den letzten Jahren steigt Dr. Becker im Grand Hotel Hof Ragaz in Bad Ragaz ab. Er genießt die Ruhe, die Herzlichkeit, die Freundlichkeit, die Gemütlichkeit und die Gastlichkeit, die nicht nur im gesamten Hotelbereich, sondern auch im Kurort allgegenwärtig zu spüren sind. Überall fühlt man sich herzlich willkommen. Nicht umsonst stellt sich die Gemeinde "Bad Ragaz" mit "Hier sein ist herrlich" den Internetbesuchern vor. Das kleine, bodenständige und aufgeschlossene Dorf im Sarganserland ist ein Refugium für Körper und Geist; Balsam für die Seele. Es ist ein Paradies auf Erden und Dr. Beckers privates Hideaway, sein wundervoller Rückzugsort, den er nicht mehr missen möchte.

Nach einem Besuch im hoteleigenen gediegenen Helenabad fühlt sich Hans Becker wie neugeboren. Er hat die wahre und weiche Kraft des 36,5 Grad körperwarmen Ragazer Thermalwassers (Healing Water genannt), welches 1242 von Mönchen des nahe gelegenen Klosters Pfäfers entdeckt worden ist, seit 177 Jahren von der Quelle nach Bad Ragaz geleitet wird und eine heilende Wirkung ausübt, bereits bei seinem ersten Besuch in dieser großzügigen und eleganten Wellnesslandschaft vor vielen Jahren gespürt und heute erneut wieder erleben können. Dieses Blaue Gold, wie dieses magische Wasser genannt wird, streichelt die Seele sowie den

Körper und steht allen Gästen der Grand Hotels, welche sich bereits 1868 Rechte am Thermalwasser gesichert hatten und heute 65 % der gesamten Wassermenge aus der Quelle zur freien Nutzung besitzen, kostenlos zur Verfügung. <u>Das Wellness und Thermal Spa des Resorts</u> zu dem unter anderem ein flottes Sportbad, ein gemütlicher Außenpool mit atemberaubender Aussicht auf die umliegenden- im Winter schneebedeckten- Berge, ein anspruchsvoller Fitnessbereich, eine einzigartige und gemütliche Saunalandschaft mit maßgeschneiderten Badeabläufen, ein exquisites 100 Quadratmeter großes privates Spa (mit Whirlpool, Erlebnisdusche, Dampfbad, Sauna, Home Cinema, elegantem Behandlungs- und Dining- Bereich mit Gartenterrasse), moderne Ruheräume und Relaxzonen und auch die Tamina Therme, ein öffentliches Thermalheilbad, gehören, ist auf die individuellen Bedürfnisse des jeweiligen Gastes hervorragend abgestimmt und verspricht jedem Besucher neue Energie und Kraft. Der Körper wird von alten Verspannungen befreit und ist gegen neue Anspannungen gewappnet. Eine wahre Wohlfühlquelle sprudelt im wahrsten Sinne des Wortes aus der nahe liegenden Taminaschlucht in das Innere von Körper und Geist, erleuchtet die Seele und stärkt die Vitalität. Die griechische Fußballnationalmannschaft hat 2004 im Resort ihr

Trainingslager absolviert, ist im selben Jahr Europameister geworden und spricht noch heute über den guten „Geist von Bad Ragaz". Dieser <u>Weltkurort</u> hat sich bereits um die Jahrhundertwende einen bedeutenden Namen gemacht. Der berühmte deutsche Schriftsteller Theodor Fontane hat in einem seiner zahlreichen Briefe an Emilie, seiner schwer an Rheuma erkrankten Frau, vom „luxuriösen Bad Ragaz" und dem „letzte(n) Trumpf" für seine Gattin geschrieben. Leider haben auch viele schicksalsträchtige Jahre das mondäne Kurbad heimgesucht: sowohl der Erste als auch der Zweite Weltkrieg haben verheerende Folgen gehabt und erst Ende der vierziger Jahre begann Bad Ragaz wieder langsam aufzublühen.

Auf dieses erquickende Bad folgt ein Treffen mit Dr. Beckers Studienfreund aus alten Zeiten in der opulenten und glanzvollen Hotellobby: der neue <u>Generalmanager, Herr Marco Zanolari</u>, feiert heute seinen Einstand im Kreise zahlreicher Stammgäste und neuer Hotelgäste und übernimmt die Leitung der beiden Häuser Grand Hotel Quellenhof & Spa Suites und Grand Hotel Hof Ragaz, welche ungefähr 350 Mitarbeiter beschäftigen. Der gebürtige und charmante Churer, der seine internationalen Erfahrungen in der Luxushotellerie rund um den

Globus gesammelt hat, freut sich sehr, wie er stolz und ehrwürdig in seiner Rede verkündet, nun zur Familie „des prestigeträchtigen Grand Resorts Bad Ragaz" zu gehören.

Nach diesem sympathischen Dienstantritt gibt es keinen besseren Ort, als sich in der "Zollstube", liebevoll „das kleine Schweizer Dorfbeizli" genannt, die regionalen Köstlichkeiten aus dem Heidiland und die authentisch Schweizer Leckerbissen schmecken zu lassen. Hausgäste und auch Einheimische schätzen seit jeher den engagierten und persönlichen Service in diesem typisch schweizerischen Restaurant. Die perfekt auf die angebotenen Speisen abgestimmte facettenreiche Bierkarte ergänzt die ausgesprochen vielfältige Weinkarte auf eine erfrischend neue und doch urgemütliche Art und Weise. Vor allem das Spezialbier, das goldgelbe „Quell 36,5" mit langanhaltender Schaumkrone, aus dem Bad Ragazer Thermalwasser von der Kleinbrauerei Sevibräu handgebraut, ist nicht nur vom Geschmack her etwas ganz Besonderes, sondern auch von der Präsentation in einer 0,375 l Champagnerflasche. Da die Wildsaison begonnen hat, lassen sich die beiden Ärzte von einem 5 Gänge Wildmenü zwischen Hirsch und Gämse, welches abgerundet wird durch die passende Getränkeauswahl, verzaubern. Zum Nachtisch bestellt Dr. Becker die hausgemachte gebrannte Creme und gönnt sich die Winteredition des Quell 36,5. Dieses vollmundige dunkle und leicht cremige Bockbier mit süßlicher Note eignet sich idealerweise für Hansis Dessertauswahl, sodass er sich beim Dessert-Schlemmen dieses Weihnachtsbieres erfreuen kann. Nach diesen kulinarischen Höhepunkten auf Haubenniveau besprechen sie die morgige Wanderung und Dr. Löhle schlägt vor, im nahegelegenen Appenzellerland eine Tour zum Äscher zu machen. Da Dr. Becker diesen Namen leider noch nie gehört hat, schwärmt ihm sein Kollege, ohne zu viel zu verraten, von diesem atemberaubenden Bergausflug vor: „Mein lieber Hans, nun bist du schon so oft in der wunderschönen Ostschweiz zu Besuch gewesen und kennst noch immer nicht den weltberühmten Äscher. Es ist der schönste Ort auf Erden und er beherbergt den berühmtesten Berggasthof weltweit. Die technisch sehr anspruchsvolle Fußreise wird dir unsere wertvollsten Kronjuwelen zeigen. Lass dich überraschen und beeindrucken. Der Berg ruft und lockt morgen früh um 7:00 Uhr." Mit diesen Worten verabschiedet sich Werner Rudi von Hans und beide treffen sich wie verabredet am darauffolgenden Morgen zum Aufstieg.

Im sanften Morgenlicht verschwinden langsam die letzten grauen Nebelwände und Dr. Becker verspürt bereits ein unbeschwertes Lebensgefühl beim Anblick dieser wundervollen Landschaft. Da sie die nicht asphaltierte Route gewählt haben, dauert die Wanderung etwas länger und führt teils über steile, teils über bergige Wege hinauf zum Seealpsee auf 1143 Meter Höhe über dem Meeresspiegel. Das Wasser dieses, im idyllischen Alpsteingebiet liegenden Sees, strahlt Ruhe und Magie aus und schimmert durch die himmlische Sonneneinstrahlung in den Farbtönen hellblau bis saftgrün. Eine unvergessliche Postkartenlandschaft tut sich vor den strahlenden Augen der beiden Ärzte auf. Diese Kulisse ist eine wahre Augenweide. Sie beschließen sich beim Seerundgang mental auf den weiteren Aufstieg vorzubereiten und dabei die frische Luft intensiv und bewusst einzuatmen. Trittsicher meistert auch Dr. Becker den – wie bereits erwähnt – anspruchsvollen Adrenalin pur versprechenden Aufgang über Stock und Stein hinauf zum Äscher. Plötzlich spürt Hans die Entschleunigung, die er seit Jahren schmerzlich vermisst hat und begrüßt diese Leichtigkeit des Seins als Lebensgefühl, welches er nicht mehr entbehren möchte.

Im einzigartigen Berggasthaus im Alpstein kehren beide – nach dem unebenen Abstieg von der Ebenalp – zu einer zünftigen Speise in uriger Atmosphäre ein. „Wow, so ein Restaurant mit und in dieser grandiosen Kulisse ist wahrhaftig einmalig auf der Welt", lauten Hans Beckers Worte. In der Tat krallt und klebt sich das Berglokal in 1454 Meter Höhe am Fuß eines gut 100 Meter hohen und senkrechten Felsbandes der Ebenalp (einer Schrattenkalkwand) fest, eingebettet in eine faszinierende und inspirierende Landschaft, die majestätisch über dem Appenzellerland thront. Werner Rudi berichtet seinem Freund und Kollegen über den, in vielen Reiseführern zurecht hervorgehobenen, blitzschnellen Wechsel einer mittelländischen Hügellandschaft in eine von Felsformationen dominierenden Alpenwelt, hier im Alpensteingebiet. Dr. Becker nimmt diese imposante Bergkulisse nicht nur wahr, sondern er versucht sie auch mit seinen fünf Sinnen aufzunehmen bzw. aufzusaugen. Mit den Augen verschlingt er förmlich dieses phänomenale Bergpanorama, mit seiner Nase atmet er die frische, unverbrauchte leichte Luft ein, mit seinen Händen und Füßen berührt er die seit Jahrhunderten beständigen Felsen und mit seinen Ohren hört er die absolute, unfassbare Stille hier oben in den Bergen. Er bekommt regelrecht Gänsehaut in dieser geradezu magischen Stimmung. Im Gasthaus Äscher geht es innen etwas lebendiger zu als draußen, aber die sensationell knusprigen, leicht gewürzten, Rösti beglücken seinen Gaumen. Beim Anblick dieser Traumlandschaft empfindet er grenzenlose Freiheit und tiefste Glücksgefühle. Diese prächtige Bergatmosphäre sei wahrhaftig ein Ort zum Träumen und Verweilen, eine Wohlfühloase in unserem hektischen Alltag, bemerkt Hans Becker. Dr. Löhle erwidert, er führe kein so stressiges Leben, denn er gönne sich auch unter der Woche im Frühling, im Sommer und im Herbst eine Bergwanderung während es ihn im Winter sowohl in der Woche als auch am Wochenende auf die Skipiste ziehe.

Abschalten sei wichtig. Die Schweiz biete unermessliche landschaftliche Höhepunkte. Er entdecke immer wieder neue Pfade und versteckte Orte in den Bergen. Weiterhin berichtet Dr. Löhle von seinem alltäglichen Arbeitstag in seiner privaten Praxis: „Lieber Hans, dir ist es vielleicht nicht aufgefallen, dass ich meine Spezialarztpraxis nur montags, dienstags und mittwochs von 7:00-13:00 Uhr und von 14.00-16:00 Uhr und donnerstags von 7:30-12:30 Uhr geöffnet habe. Daher bleibt genug Zeit für mich und das tut meinen Patienten auch gut. So arbeite ich seit Jahren ruhig und konzentriert, stets auf den jeweiligen Patienten fokussiert und fühle mich ausgeglichen und ausgeruht. Alles, was ich mache, tue ich mit Begeisterung. Auch ich führe als Gastroenterologe und Proktologe kleine operative Eingriffe (Leberbiopsie, Gummibandligatur, Exzision von Hämorrhoidalknoten…) in meinen Praxisräumen tagtäglich durch und falls ich einen Patienten operiere, der sich sicherer mit meiner privaten Telefonnummer fühlt, weil er zum Beispiel befürchtet Blutungen zu bekommen, gebe ich ihm selbstverständlich meine private Handynummer und vermittle ihm, dass er für den Fall eines Notfalls zu jeder Tages- und Nachtzeit mich anrufen oder gegebenenfalls eine Nachricht hinterlassen kann. Ich werde mich spätestens innerhalb der nächsten Stunden bei ihm melden. In all den Jahren ist es lediglich fünfmal zu einem solchen Anruf gekommen. Dreimal bin ich oben in den Bergen gewesen, dann schaltet sich der Anrufbeantworter sofort ein, was meine langjährigen Patienten, die mir dann auf die Mailbox sprechen, wissen. Binnen kürzester Zeit erhalten diese meinen Rückruf. Zweimal bin ich nachts in mein Sprechzimmer gefahren. Ich habe Medizin nie anders machen wollen. Ich kann nur ein guter Arzt sein, wenn ich für meinen Beruf lebe bzw. brenne und mein eigenes Ich auslebe, indem ich die innere Einkehr in meinen Bergen finde". Dr. Becker staunt bei der Wahrnehmung dieser Worte und bewundert diese Lebensqualität.

Zurück im Grand Resort Bad Ragaz erleben beide ein Kontrastprogramm zu ihrem heutigen Ausflug in die Berge. Sie tauschen ihre funktionelle Wanderkleidung und strapazierfähigen Wanderschuhe gegen einen eleganten Anzug mit den passenden Budapestern ein und begeben sich zum stilvollen Abendessen in den blauen Saal im "Bel-Air". Dieses Feinschmeckerrestaurant besitzt 15 GaultMillau-Punkte, strahlt eine zeitlose Eleganz aus und bietet Kulinarik auf höchstem Niveau. Die Gourmet-Menüs erfreuen somit auch Dr. Beckers und Dr. Löhles Gaumen während dem raffiniert zubereiteten Dinner. Allerdings scheint Dr. Becker anwesend abwesend zu sein, und so erkundigt sich Werner Rudi nach dem werten Wohlbefinden seines Freundes. Hans Becker bricht sein Schweigen und Nachdenken und sein Redeschwall wird in der folgenden Stunde ungebremst und ungedrosselt fließen. „Lieber, lieber Werni, (so hat er ihn stets zu Studienzeiten genannt), ich will und ich kann nicht mehr. Ich fühle mich immer öfters niedergeschlagen, erschöpft, ausgelaugt, kraftlos, überlastet, vor allem genervt und entnervt. Es ist so schön und so gemütlich in der Schweiz. Ich glaube, die Menschen, welche hier leben und arbeiten sind zufriedener und glücklicher als diejenigen, die in der EU wohnen und tätig sind. Jeder begrüßt mich, wenn ich durch Bad Ragaz oder durch Altstätten schlendere, jeder zeigt mir mit einem Lächeln im Gesicht gerne den Weg zum Bahnhof, wenn ich mich in Sargans verlaufen habe. Diese freundlichen und teils auch strahlenden Gesichter sind eine Augenweide für mich. Hier erwache ich zu neuem Leben. Hier scheint die Welt noch in Ordnung zu sein. Hier gibt es keine stressgeplagten Menschen, die von ihrem Mobiltelefon abhängig sind. Schau dich doch um, siehst du in diesem Restaurant irgendjemanden, der mit seinem Handy beschäftigt ist. Nein, niemand, wirklich niemand speist hier und schaut auf dieses kleine Ding. Nicht einmal du hast während unseres Essens dein Handy herausgenommen, um zu überprüfen, ob ein Patient nach dir fragt. Die Schweizer scheinen zu wissen, wie man leben kann und soll. Bei uns ist die Handynutzung außer Kontrolle geraten. Wenn ich abends in ein Lokal gehe, sehe ich nur Personen, die mit ihrem Telefon beschäftigt sind. Egal ob diese allein, zu zweit oder in der Gruppe sind, alle starren auf diesen leblosen Gegenstand als sei es ein Geschöpf Gottes. In Wirklichkeit ist es ein Dämon. Dieses verdammte Ding macht die Menschen und vor allem die Kinder unproduktiv und versetzt sie in Stress. Viele Schüler schreiben ihre Hausaufgaben nicht mehr, weil sie süchtig nach ihrem digitalen Begleiter sind und im Straßenverkehr geschehen immer mehr Unfälle, weil die Fahrer und Fußgänger alle paar Sekunden zum Handy greifen. Die Augen vieler Menschen kleben förmlich an diesem Ding. Denk doch nur an das schreckliche Unglück von Bad Aibling. Ich bin überzeugt davon, dass das Online Handy-Spiel des Fahrdienstleiters – auch wenn er dieses vielleicht nur aus Langeweile in den Pausen spielte – dazu geführt hat, dass dieser den falschen Knopf gedrückt und so das tragische Unglück seinen Lauf genommen hat. Mobile Telefone sind zwar während der Arbeit verboten, aber wie oft sieht man im Straßenverkehr einen Bus- oder Taxifahrer im Dienst eine SMS schreiben oder lesen. Ich persönlich besitze kein Smartphone, denn diese zermürben nur unser Gehirn. Unzählige wissenschaftliche veröffentlichte und nicht veröffentlichte Untersuchungen belegen klar und deutlich die Gefahren und Risiken dieses Instrumentes. Aber niemand will das hören und vor allem reagiert keiner auf diese alarmierenden Studien. Wir haben früher auch ohne Smartphone leben können, aber heute scheint eine verantwortungsvolle Handynutzung anscheinend nicht mehr möglich zu sein. Ständig klingelt oder vibriert es in den Taschen. Ausschalten und abschalten sind in der heutigen digitalen Gesellschaft zu Fremdwörtern geworden. Dies führt sogar zu unkontrollierten Gewaltausbrüchen im Alltag unter Jugendlichen, denn die meisten spielen dank der internetfähigen Handys Videospiele mit gewalttätigem Inhalt. Diese Spiele machen die Menschen aggressiv, was in Langzeitstudien bewiesen wurde, und so schlagen einige auf der Straße grundlos eine Person, der sie zufällig begegnen, zusammen. Nicht selten verwechseln diese Schläger dabei die reale mit der virtuellen Welt. Aber anstatt für ihre Zukunft zu lernen, beschäftigt sich die Jugend lieber mit dem iPhone, dessen Hauptnutzungsfunktion das Verschicken und Empfangen von Nachrichten ist. Die Kommunikationsmedien für diese Altersklasse sind in vielen Fällen WhatsApp, Instagram, Snapchat, Youtube und teilweise auch noch Facebook. Obwohl die Schriftlichkeit unter den Jugendlichen boomt, sind sie nicht mehr in der Lage, sich der jeweiligen Schreibsituation anzupassen und angemessen zu schreiben, weil sie unfähig sind, zwischen monologischer und dialogischer Schriftlichkeit (ohne Normerwartung, d.h. nicht an schriftsprachlichen Normen orientiert) zu differenzieren. Sie benutzen stets eine weiche Syntax, einen liberalen Umgang mit der Orthographie. Der Verlust von Schriftlichkeit schreitet in ihrer mediatisierten Umwelt immer weiter fort." Dr. Löhle versucht alles, um seinen Freund zu unterbrechen, aber dieser jammert weiter. „Die Welt ist leider nicht mehr so wie sie einmal gewesen ist, zahlreiche "Europäische" Länder scheinen im Chaos zu versinken. Der Lebensstandard verändert sich. Immer mehr arbeitslose, ältere und alleinerziehende Menschen geraten in Armut. Die soziale Spaltung wird immer größer. Diese Kluft halte ich weder für einen Mythos noch für ein Märchen, denn man braucht nur mit offenen Augen durch viele Städte zu gehen, die Armut lässt sich nicht mehr verleugnen. In Chur habe ich noch nie einen Bettler am Straßenrand liegen gesehen, aber in Berlin, Bonn oder in Luxemburg oder in Mailand oder in Paris, um nur einige Städte zu nennen, halten mir mittlerweile die Obdachlosen ihren leeren Pappbecher demonstrativ unter die Augen. Sehr gerne unterstütze ich einheimische Bettler, aber die wissen sich zu benehmen – meistens jedenfalls. Die Masche der Bettler Mafia, welche sich in der EU aufhält, ist nicht mehr zu tolerieren. Die Regierung müsste dringend diese Menschen des Landes verweisen. Aber seit dem progressiven Abbau der Personenkontrollen an den Grenzen hat sich der Weg für die illegalen Einwanderer geebnet. Die Kriminalitätsrate hat sich gesteigert und mittlerweile gibt es in der EU fast keine sicheren Innenstädte mehr. Mit dem Flüchtlingsstrom, den Deutschland 2015 erreicht hat, hat sich

36

die Lage sicherlich nicht verbessert. Ich kann einfach nicht verstehen, weshalb und warum die Bundesregierung sich so sicher gewesen ist, Deutschland könne die Flüchtlingswellen, die das Land überflutet haben, bewerkstelligen. Ihre absolute Zuversicht, die sowohl der SPD Chef als auch die Bundeskanzlerin in dem Slogan "Wir schaffen das" (Sigmar Gabriel hat diesen Satz als erster ausgesprochen) geäußert haben, ist mittlerweile fast aus dem Vokabular verschwunden. Angela Merkel räumt sogar in einem Interview im Oktober 2016 ein, dass Fehler gemacht worden seien. Sie zeigt sich selbstkritisch, hält allerdings weiterhin an Ihrer politischen Linie fest. Ich schätze die Bundeskanzlerin, aber in der EU Krise und in der Flüchtlingspolitik hat Sie sich verrannt. Das, was in Europa 2015/2016 in Zusammenhang mit der Flüchtlingskrise passiert ist, ist doch für einen kritisch denkenden Menschen durchaus voraussehbar gewesen. Selbstverständlich kann jeder verstehen, dass Deutschland noch immer unter den grausamen und brutalen Kriegsverbrechen aus der nationalsozialistischen Zeit leidet, aber "der lange Schatten der Vergangenheit" wie es sooft in der Presse heißt, wird sicherlich nicht durch die Aufnahme von Flüchtlingen verblassen. Keiner kann die schrecklichen Taten aus der Vergangenheit ungeschehen machen. Soll man also nicht besser Vergangenes vergangen sein lassen, obwohl es nie vergangen sein wird. Aber für die Lebenden zählen die Gegenwart und die Zukunft, die leider im Moment nicht gerade rosig für die Europäische Union aussehen. Viele Europäer haben den Eindruck, die Europäische Politik habe nichts aus der Geschichte gelernt. Bereits in der Römischen Republik hat es zahlreiche Krisen, aus denen die heutigen Politiker lernen müssten, gegeben. Der Verfall des Römischen Reiches hat sich über Jahrhunderte vollzogen, obwohl dessen Untergang sich bereits im Vorfeld abgezeichnet hat, genauso wie sich der Zerfall der Europäischen Union durch den Brexit bereits andeutet. Warum lernen wir nichts aus der Historie, oder ist diese Apokalypse gewollt? Wir drehen uns doch nur im Kreis. Auch angesichts der Armutsbekämpfung rotieren wir. Neulich habe ich ein fantastisches Buch von René Zeyer gelesen. In seinem Werk "Armut ist Diebstahl" verteidigt und belegt er seine These, dass die Bekämpfung der Armut den sozialen Staat in den Ruin treibe. Er schreibt in seinem Vorwort, falls „also die Vielzahl von Methoden, die bislang erfunden und angewendet wurden, um Armut zu bekämpfen oder letztlich auszurotten, nicht funktionieren, dann ist es an der Zeit, eine nicht neue Schlussfolgerung nochmals zu ziehen:

Wenn es nichts nutzt, dann sollte man es doch lassen". Zuviel Geld fließt alljährlich aus unseren Staatskassen in die Entwicklungsländer, dieses Geld müsste dringend in die deutsche Infrastruktur, welche laut Spiegel Online aus dem Jahr 2014 total „veraltet" ist, gesteckt werden. Die deutsche Regierung möchte sogar 2017 500 Millionen mehr als geplant in die Entwicklungshilfe investieren. Die Bundesregierung sollte sich dringend mit Zeyers Buch auseinandersetzen. Aber wie dieser es so treffend beschreibt, blühe eine „veritable Hilfsindustrie" und diese setze alles daran, dass „das Geschäft mit der Armut" weiter florieren werde. Er zitiert in seinem Buch sogar eine Schwarzafrikanerin, die dazu auffordert, „dass Entwicklungshilfe in jeder heute praktizierten Form ersatzlos eingestellt werden muss". Dieser alarmierende Satz müsste endlich die Politik wachrütteln und einen veränderten Kurs bewirken. Dem scheint leider nicht so zu sein.

Werner Rudi Löhle möchte so gerne mit Dr. Becker über alles Gesagte diskutieren, doch die Kritik an der gesamten Regierung sprudelt immer weiter aus Hans heraus. Er redet wie ein tosender Wasserfall und nimmt sich nun das Bildungsministerium vor: „Werni, Bildung ist doch der Schlüssel zu allem. Aber diese wird auf erschreckende Art und Weise vernachlässigt". Bevor er weitere Kritik äußern kann, gelingt es Dr. Löhle zumindest auf das Charity-Projekt „For Smiling Children" des Grand Resorts zu verweisen. Dieses hauseigene Projekt setzt sich dafür ein, dass so viel wie nur möglich Kinder und Jugendliche in Not, zum Beispiel Zugang zur Bildung und zu sauberem Trinkwasser erhalten.

Dr. Becker ergreift wieder einmal das Wort: „Schau dir doch die zahlreichen Schulreformen an. In Frankreich, in Deutschland, in Luxemburg überall wird stets reformiert und gestritten. Niemand, außer der Regierung, scheint die neuen Reformen zu begrüßen. Neue Strukturen, neue Projekte und neue inhaltliche Programme werden ausgearbeitet und sobald diese in Kraft treten sollen, entfacht ein äußerst heftiger Streit zwischen dem Lehrpersonal und dem Bildungsministerium, der 2015 in Frankreich in einem landesweiten Lehrerstreik endete. Viele Lehrkräfte befürchten eine rasante Absenkung des Bildungsniveaus anhand der neuen Lern- und Lehrmethoden, und den vorausschauenden Eltern wird es bei diesen angeblich ultimativen Methoden, die vielleicht übernächstes Schuljahr wieder überholt sind, Bange um die Bildung ihrer Schützlinge. Der Zugang zur elaborierten Schriftlichkeit, die Basis für jeden Fachunterricht, wird vernachlässigt, da die Rechtschreibung in den Hintergrund tritt: es werden fast keine Diktate mehr geübt, die Grammatik wird teilweise ignoriert, da die Schüler nach Kompetenzen bewertet werden. So kann zum Beispiel ein Schüler, der eine Textanalyse als Klassenarbeit vorgelegt bekommt, bei der Beantwortung der Fragen, welche nur das Inhaltsverständnis überprüfen sollen, schreiben, wie er will. Hauptsache, er hat den Inhalt des Textes verstanden; Orthographie, Deklination und Konjugation werden nicht bewertet. Diese Benotung nach Kompetenzen ist schlichtweg inakzeptabel, denn grammatikalische und orthographische Korrektheit gehören unabdingbar zur Bildung. Die meisten Schüler kümmert Bildung heute leider wenig, denn sie wissen ganz genau, dass sie -ohne viel zu leisten- ihr Abitur bekommen und daher surfen sie lieber im Internet, anstatt zu pauken und ein Buch zu lesen. Die Motivation für einen echten schulischen Erfolg sinkt ständig weiter. Während die Schüler in Indien, in Asien oder in Afrika wegen des möglichen wirtschaftlichen Erfolgs motiviert sind zu lernen, ruht sich die westliche Jugend auf den Lorbeeren der früheren Generationen aus und profitiert von den Reformen.

Eine andere Rechtschreibereform lautet: „Schreiben nach Gehör" d.h. die Schüler schreiben die

Worte so wie sie sie vernehmen (Beispiel: Fahrrad wird zu farat), ohne negativ bewertet zu werden. Einige Eltern sind entsetzt, aber das zuständige Ministerium hüllt sich entweder in Schweigen oder spricht von erfreulichen Fortschritten im Bereich der Neuregelungen. Dazu gehören unter anderem ein "Punktesystem", welches den Grundschülern durch ein Zeichen (einen Smiley) angibt, ob diese eine Genügend (lächelnder Smiley) oder eine Ungenügend (trauriger Smiley) geschrieben haben. Auch wird in einigen luxemburgischen Grundschulen die Ampelbewertung eingesetzt: diese symbolische Ampel soll durch ihre drei unterschiedlichen Farben auf den jeweiligen Wissensstand des Schülers hinweisen: grün bedeutet, alles ist gut, gelb verweist bereits auf einige Probleme und rot signalisiert Defizite in der Wissensaufnahme. Angeblich verhindern solche Benotungssysteme, dass Schüler sich zu sehr unter Druck gesetzt fühlen. Das Schlimmste aber ist, die Schüler können ihre fehlenden fachlichen Kenntnisse kompensieren. Das Kompensationssystem erlaubt es ihnen, ihre Schwächen einfach zu tilgen. Eine solche Tatsache ist unannehmbar und so befindet sich der Bildungsgrad in freiem Fall. Eine verlorene Generation wächst heran".

Erneut versucht Dr. Löhle, das Wort zu ergreifen, allerdings lamentiert Dr. Becker ungehemmt weiter: „Werni, Werni, stell dir vor, ich suche seit drei Jahren eine Sekretärin. Meine treue und herzensgute Hildegard, die in ihren wohlverdienten Ruhestand getreten ist, hilft mir seit einem Jahr gelegentlich wieder aus, weil ich keine kompetente Kraft finde. Alle, die sich bis jetzt bei mir vorgestellt haben, sind unmotiviert, unzuverlässig oder inkompetent. Sie besitzen zwar ein Diplom, welches sie als qualifizierte Schreibkräfte kennzeichnet, aber sie können nicht einmal einen Brief korrekt abschreiben. Diese Büroassistenten sind qualifiziert unqualifiziert und es mangelt ihnen zusätzlich an Sprachkenntnissen. Diese Tatsache verdanke ich dem Bewertungs- und Kompensationssystem. Sogar die Konrad-Adenauer- Stiftung hat in einer Studie bestätigt, dass viele Schüler die Kompetenzen, welche ihnen in den Zeugnissen bestätigt worden seien, nicht beherrschen. Werni, ich kann einfach nicht mehr. Ich kann nicht mehr". Dann redet er stürmisch weiter und schildert den schicksalhaften Fehler, der in einem luxemburgischen Krankenhaus passiert ist. „Erinnerst du dich noch an Dr. Peter Pack, ich habe dir den Luxemburger am Ende unseres Studiums vorgestellt. Peter hat mich vor geraumer Zeit über die luxemburgische

Lage in den städtischen Kliniken aufgeklärt und mir erzählt, dass ein blutjunger Mitarbeiter das falsche Verfahren zur Desinfizierung der Operationsbestecke angewandt habe und so alle Patienten, die an dem besagten Tag am Auge operiert worden seien, ihr Augenlicht unwiederbringlich verloren hätten, da dieser mit einer ätzenden anstatt einer desinfizierenden Lösung die speziellen Bestecke benetzt habe. Ein solcher Fehler ist fatal, tragisch und darf nicht passieren. Aber viele der heutigen Arbeitnehmer haben kein Verantwortungsgefühl mehr. Werni ich verstehe eine solche Arbeitsausübung einfach nicht. Ich kann nicht mehr". Mit diesen bedenklichen Worten beendet Dr. Becker seinen heftigen, in großer Erregung geäußerten Wortschwall und starrt seinen Freund verzweifelnd an. Dr. Löhle bräuchte einige Minuten, um das Angehörte aufzugreifen und zu vertiefen, aber er spürt, wie sehr Hans auf eine schnelle Antwort hofft, und so bringt dieser spontan nur den folgenden Satz in einem bestimmenden Ton vor: **„Es ist Zeit zu gehen"**.

Dr. Becker reagiert mit einem erschrockenen Blick auf diese Aufforderung und Werner Rudi schlägt ihm vor, alles ganz genau bei einem Schlummertrunk in der "Quellenhof Bar" in entspannter Atmosphäre zu besprechen. Die dezente, leise Piano-

Musik scheint eine beruhigende Wirkung auf Hans auszustrahlen, denn dieser lehnt sich unter dem Sternenhimmel in der Bar entspannt zurück. Nun ergreift sein früherer Kommilitone das Wort: „Lieber Hansi, du hättest dich mir schon früher offenbaren sollen. Du leidest unter deiner jetzigen Situation nicht erst seit gestern und deshalb rate ich dir, dringend etwas zu ändern. Viele Menschen jammern und beklagen sich nur, aber mein Motto lautet „nicht klagen, sondern handeln"; so habe ich mein bisheriges Leben stets geführt und nach dieser Devise möchte ich weiterhin leben. Du weißt, wie sehr ich dich als Freund und Kollegen schätze. Ich könnte dir, wenn du einverstanden und auch gewollt bist, weiterhin zu praktizieren in meiner Praxis als mögliche Übergangslösung einen Behandlungsraum überlassen. Falls du eine Auswanderung in die Schweiz in Erwägung ziehst, helfe ich dir sehr gerne, auch bei dem nicht zu unterschätzenden hohen bürokratischen Aufwand, welcher unter anderem deine Approbation und deinen Facharzttitel betrifft." Diese Sätze lassen Hans´ müde Augen wieder in neuem Glanz strahlen, und er scheint sich mit diesem Vorschlag anzufreunden: „Ich glaube du hast recht, ich sollte dringend etwas tun, anstatt immer nur zu lamentieren. Ich habe nur dies eine Leben und bereits viel zu viel Zeit unnötig vergeudet. Ich sollte die Zeit nutzen und dein Angebot überdenken. Lass uns morgen bei einem ausgedehnten Frühstück noch einmal über alles sprechen". Beide beenden den Abend bei einem aus dem schottischen Speyside stammenden "Glen Grant Vintage Single Malt" Whisky.

Die folgende Nacht verläuft für Dr. Becker leicht unruhig, er denkt über vieles nach und findet fast keinen Schlaf. Unausgeschlafen, aber nicht erschöpft, trifft er am nächsten Morgen Dr. Löhle beim Frühstück. Das leckere und vielfältige Angebot lässt die Herzen der Gäste im "Olives d´Or" höherschlagen und auch die beiden Ärzte ergötzen sich an dem genüsslichen frischen Buffet. „Mein guter Werni, du hast es geschafft, mir gestern Abend die Augen zu öffnen, ich habe erkannt, dass ich mein Leben nicht mit Ärger und Wut weiterführen kann und will. Ich träume nicht mehr von einer Veränderung in der Zukunft, sondern ich werde meinen verborgenen Wunsch nach meiner neuen Devise (träume nicht dein Leben, sondern lebe deinen Traum) in die Tat umsetzen. Ich habe meine Lebensmitte bereits überschritten, bin mir meiner irdischen Endlichkeit bewusst geworden, habe eingesehen, dass ich meinen neuen Weg gehen muss und tausche meinen Lebensfrust gegen neue Lebenslust ein. Ganz egal, wie weit mein Weg sein wird. Ich habe verstanden, ich muss endlich den ersten Schritt wagen". „Lieber Hansi", entgegnet ihm Dr. Löhle, „es freut mich sehr zu hören, dass ich dir einen Ausweg aus deiner momentanen Lebenskrise zeigen konnte. Ich habe mir wirklich große Sorgen um dich gemacht, als wir vor einigen Tagen zusammen telefoniert haben, hat sich eine bedrückte Stimmung in deiner Stimme widergespiegelt. Als ich dich vorgestern wiedergesehen und dich angeschaut habe, bist du mir fremd gewesen, da du nicht mehr der ausgelassene und lebensbejahende Hansi aus alten Studienzeiten gewesen bist. Bedenke, du bist auf dem Gipfel deines Lebens angekommen, nun gilt es, den Abstieg in die zweite Lebenshälfte so zufrieden wie nur möglich zu erleben. Diesen Lebensweg musst du für dich selbst wählen, ich kann dir nur Möglichkeiten aufzeigen, aber den Entschluss, wohin der Weg dich letztlich führen wird, kannst nur du fällen. Ob du Deutschland verlassen wirst, musst du in Einklang mit dir selbst ausmachen und dabei deinem wahren Ich treu bleiben. Falls es dich in die Schweiz treiben wird, da ich gestern deinen inneren Widerstand gegen die vielen europäischen Entscheidungsstrukturen vernehmen konnte, möchte ich dich allerdings darauf aufmerksam machen, dass es auch hier- bedauerlicherweise- nicht mehr so ist wie früher. Die heile Welt, so wie du, lieber Hans, sie dir vielleicht vorstellst, ist auch in der Schweiz leider nicht mehr gegeben: Wir erleben in unseren Großstädten, wie zum Beispiel in Zürich oder in Genf, einen Anstieg der Kriminalität. Sicher sind diese Städte auch nicht. Aber wir bemühen uns sehr, sie sauber zu halten. Der herumliegende Abfall, der in anderen europäischen Städten überall auf den Bürgersteigen, in den Fußgängerzonen herumliegt, wird immer noch von den Arbeitern der Müllentsorgung gewissenhaft entfernt. Wir folgen dabei zwar nicht dem Modell aus Singapur, wo jeder, der eine Zigarettenkippe wegwirft oder sonstigen Müll achtlos wegschmeißt gleich drakonisch bestraft wird, aber wir halten die Schweiz sauber. Das klappt jedoch nicht so mit der sittlichen Sauberkeit. In Lausanne, wo das Schnorren noch toleriert wird, sofern sich die Bettler an einige Regeln halten, haben rumänische Banden das einst so ungetrübte und unbeschwerte Stadtbild fast völlig zerstört und aus diesem Grund verlangt die SVP (Schweizerische Volkspartei) ein allgemeines Bettlerverbot in der Schweiz für das Jahr 2017. Der unbändige Drang der Schweizer, die für die Selbstständigkeit und Unversehrtheit Ihres "kleine(n) Herrenvolk(s)", wie Max Frisch 1965 als Vorwort zu seinem Werk

"Siamo Italiani" die Schweizer betitelt hat, kämpfen, zeigt sich in allen Lebensbereichen. Leider musste sich in letzter Zeit die Schweiz freiwillig gezwungen zahlreichen Forderungen der Europäischen Union unterwerfen, um unter anderem die wirtschaftlichen Beziehungen mit den europäischen Nachbarländern nicht zu gefährden. Wie du bestimmt weißt, ist das Personenfreizügigkeitsabkommen (FZA) am 21. Juni 1999 zwischen der Schweiz und der EU unterzeichnet worden. Damals ist dies überhaupt kein Problem für uns gewesen, da nur wenige, vor allem reiche Länder, Mitglieder der EU gewesen sind. Aber im Laufe der Zeit ist diese ständig gewachsen, so dass im Jahr 2009 das Freizügigkeitsabkommen auf Rumänien und Bulgarien ausgedehnt werden musste. Aber so schlimm, wie es in vielen Teilen Europas auszusehen scheint, ist es hier noch nicht und wird es hoffentlich auch nie sein. So sind wir niemals 2015/2016 mit den Flüchtlingsströmen auf den schweizerischen Bahnhöfen kollidiert wie die Reisenden in München, in Wien oder in anderen europäischen Großstädten. Wir verteidigen immer noch vehement unsere Kultur, unsere Traditionen, unsere Identität, unseren typisch schweizerischen Charakter. Dies soll nicht den Eindruck erwecken oder gar hinterlassen, dass wir fremdenfeindlich sind, auch bei uns steigt die

Zahl der Flüchtlinge; allerdings weniger stark als im europäischen Durchschnitt, da die Asylpraxis und die Arbeitsmarktpolitik in der Schweiz noch nicht so großzügig gehandhabt werden wie in den europäischen Nachbarländern. Letztlich begrüßen wir diese Menschen nicht mit einem lauten und herzlichen Willkommen und die SVP fordert einen härteren Umgang mit den Flüchtlingen, damit die Schweiz an Attraktivität verliert. All dies wissen natürlich sowohl die Schlepper als auch die Schutzsuchenden und daher bevorzugen diese vor allem die deutsche Willkommenskultur. Wie bereits erwähnt, sind wir nicht ausländerfeindlich und wir schätzen die Asylsuchenden, die sich anpassen und zu uns gehören wollen. Ich weiß nicht, ob du <u>Pira Mampasi,</u> den stellvertretenden Chef Concierge, aus unserem Hotel näher kennst". Da Dr. Becker die Lebensgeschichte des Herrn Mampasi unbekannt ist, berichtet Dr. Löhle ihm von den schicksalhaften Prüfungen des Kongolesen, der immer Arzt werden wollte: „Der ehrgeizige und stets lächelnde 42- jährige Afrikaner hat in seiner Heimat zwei Jahre Medizin studiert. Wegen dem frühen Tod der Eltern fehlte ihm und seiner Familie das Geld, so dass er sein Studium unterbrechen musste und eine Stelle in dem Untersuchungsbüro, welches sich mit dem Sturz des Staatschefs Mobutu Sese

Seko beschäftigt, annahm. Da er unangenehme Fragen stellte, wurde er in Untersuchungshaft gesteckt. Glücklicherweise konnte er zuerst nach Sambia, dann nach Italien flüchten. Schließlich kam er in ein Asylzentrum in der Ostschweiz und lernte dort Deutsch, um sich verständigen zu können. Um schneller integriert zu werden, engagierte er sich lokal und setzte sich mit den schweizerischen Traditionen und Gepflogenheiten auseinander, denn für ihn war anfangs alles neu und fremd in der Schweiz. Er hat seine afrikanische Kultur mitgebracht und sich auf die Schweizer Kultur und deren Wissen eingelassen. 2003 nach drei schweren Jahren auf der Flucht bzw. in Asylantenunterkünften fand er eine Anstellung im Grand Resort Bad Ragaz, wo eine aus 44 Nationen zusammengewürfelte Belegschaft gelebte Internationalität vorbildlich vorlebt und machte eine zweijährige kaufmännische Ausbildung. Aufgrund der Nichtanerkennung seiner kongolesischen Studienjahre in der Schweiz, hat er zwar seinen Traumberuf hier nicht erreichen können, aber er hat sich umgeschaut und den Beruf als Concierge entdeckt. So arbeitet er seit 2013 als leidenschaftlicher Wunscherfüller, der den Satz „das geht nicht" aus seinem Vokabular gestrichen hat und stolz ist, wenn er seine Gäste durch guten Service glücklich machen kann. Er fühlt sich hier in der Ostschweiz angekommen und zuhause. In seiner neuen Heimat hat er geheiratet und dieser Ehe sind zwei Söhne entsprungen".

Dr. Becker hört sehr aufmerksam und interessiert zu und erfährt weiterhin, dass sich auch in der Schweiz die Schere zwischen Arm und Reich weiter öffne. Studien würden dieses Wachstum der ökonomischen Ungleichheit belegen. Trotzdem lebe es sich hier in der Ostschweiz immer noch gut. Besonders in den ländlichen Gegenden, in den kleineren Städten oder in den Kurorten genieße jeder Mensch weiterhin eine hohe Lebensqualität, welche sich durch Sicherheit, Ordnung Sauberkeit, Stille und vor allem Hilfsbereitschaft und Menschlichkeit auszeichne, ergänzt Dr. Löhle und bemerkt weiterhin, dass das Schweizer Bürgerrecht zwar zahlreiche Mitbestimmungsrechte biete und es seinen Bürgern/Bürgerinnen erlaube, direkt in das politische System – zum Beispiel durch ein Referendum – einzugreifen. Das Volk sei und hoffentlich bleibe es auch die oberste Instanz des Staates, denn bereits jetzt werde leider versucht wichtige Entscheidungen am Volk vorbei zu schleusen. Des Weiteren ist es Dr. Löhle sehr wichtig über das schweizerische Bildungssystem, welches vorwiegend in der Verantwortung der Kantone und Gemeinden liegt, zu sprechen und er betont, dass die Schweiz in der Bildungspolitik weltweit unter den besten Ländern zu finden ist. „Lieber Hansi, ich habe mich vor einigen Wochen mit einer Kollegin Frau Dr. Irene Schümmli, deren Mann Lehrer an einer privaten Schule im Kanton Zürich ist, ausführlich unterhalten. Zu meinem Erstaunen hat Sie mir schonungslos die brutale Realität, d.h. die erschreckenden Bildungsdefizite an den meisten europäischen Nachbarschulen, dargelegt. Während in den schweizerischen facettenreichen Privatschulen, wie zum Beispiel in dem Kindergarten oder Gymnasium, in der Mittelschule, Hotelschule, Realschule… die Kinder von klein auf eine absolut erstklassige Allgemeinbildung, ein hochwertiges Fachwissen und eine vorbildliche Erziehung erhalten, also über alle erforderlichen Kompetenzen verfügen, um im internationalen Wettbewerb zu punkten bzw. um ihre internationale Karriere voranzutreiben, erfreuen sich viele Schüler in der EU an den öffentlichen Schulen an Streicheleinheiten. Dorothea Siems hat in Ihrem am 11. April 2016 veröffentlichten Artikel in der Zeitung die "Welt“ von einer „politisch gewollten Inflation der Abschlüsse“ und in diesem Zusammenhang von einer fest etablierten „Kultur des Durchwinkens von der Grundschule über das Gymnasium bis hin zur Universi-

tät" in Deutschland gesprochen. Dr. Irene Schümmli stellt alle öffentlichen Bildungseinrichtungen in
"Europa" als Streichelschulen hin, da dort die
Schüler vor Misserfolgen geschützt und wie in
einem Streichelzoo behandelt werden. Ihnen wird
der Lernstoff zwar von motivierten Lehrern erklärt,
aber diese Schüler zeigen sich meistens so uninte-
ressiert, weil sie eben genau wissen, dass die Mehr-
zahl von ihnen ihr Abschlussdiplom ohne nen-
nenswerte Anstrengungen erhält. Der Staat bzw. die
Regierung des jeweiligen Landes hat dies so vorge-
sehen. Die Politik verlangt von den öffentlichen
Schulen einen sehr guten Notendurchschnitt und
eine sehr niedrige Durchfallquote. Es scheint vom
europäischen Bildungsministerium gewollt zu sein,
dass die zukünftigen Abiturienten zu unkritischen
Bürgern heranwachsen. Das logische Denken sowie
die logische Textanalyse werden sträflich vernachlässigt. Aber auch mathematische Kenntnisse werden im Schulalltag genauso zurückgesetzt wie die
Rechtschreibung. Laut Aussage vieler Schulleiter,
die dem politischen Druck ausgesetzt sind, kann
man heute von einem Schüler nicht mehr verlan-
gen, die Rechtschreibung oder die mathematischen
Formeln zu beherrschen. Mit dieser Einstellung ist
das französische Bildungsniveau am Tiefpunkt angelangt und das deutsche sowie das österreichische,

belgische, luxemburgische, niederländische... sackt zusehends drastisch weiter ab. Das Einzige, worin sich die Schüler wirklich auskennen, betrifft die Medienkompetenzen. Aber dies genügt bei Weitem nicht. Ein zielgerichtetes, gründliches Lernen der Grundlagen- und Fachkompetenzen sowie ein intellektuelles Basiswissen sind die Voraussetzungen für eine erfolgreiche berufliche Zukunft. Breitgefächertes Allgemeinwissen und professionelle Fachausbildung sind und bleiben sinnvoll, nützlich und relevant. Da die "europäischen" Schüler in den öffentlichen Schulen immer weiter abrutschen, weil die Bildungsstandards im Sturzflug sinken, steht eine besorgniserregende Zukunft jedem kritisch denkenden Europäer bevor. Der 1988 in Hamburg geborene Autor Tomasz M. Froelich setzt sich in seinem Buch "Bildungsvielfalt statt Bildungseinfalt" und in zahlreichen Interviews kritisch mit der staatlichen Bildung auseinander. Das fertige Produkt der Staatsschulen sind gewollte „Systemtrottel" und alle bereits getätigten staatlichen Reformen und zukünftige Reorganisationen sind pure „Augenwischerei". Während für Tomasz Froelich das staatliche Bildungswesen „das Denken der Masse verzerrt" und die öffentlichen Schulen „ein Mittel der Manipulation" sind, ermöglicht ein „pluralistisches freies Bildungswesen" dem Konsumenten den Zugang zu einem breiten Bildungsangebot mit individuelleren Konzepten: Also bessere Bildung für alle ohne Staat". Frau Dr. Schümmli gibt auch die großen Unterschiede zwischen den bereits existierenden privaten Schulen zu bedenken. Ihr siebenjähriger Sohn besucht eine private Einrichtung, die auf Leistungsdruck und Vermittlung von Wissen setzt, denn nur so sind die Schüler für den späteren harten beruflichen Alltag gewappnet und können – wenn sie es wünschen – nach beruflichem Erfolg und Anerkennung streben, international/interkontinental Karriere machen und echte Höchstleistungen in unserer leistungsgetriebenen Gesellschaft erbringen.

Was auch immer Dr. Becker für seine Zukunft beschließen wird, er ist felsenfest dazu entschlossen, die Europäische Union zu verlassen und in die Schweiz zu kommen. Sein Freund weist ihn noch daraufhin, dass auch das Tessin eine nicht außer Acht zu lassende Alternative für ihn sei, denn er erinnere sich noch an die Worte, die Hans während eines Praktikums am Ende seiner Studienzeit verkündet habe. Damals in Lugano im Belvedere – Garten an der Seepromenade bist du davon überzeugt gewesen, in der italienischen Schweiz arbeiten zu wollen. Du hast von dem milden Klima und dem magischen mediterranen Flair, der diese schweizerische "Sonnenstube" umgibt, geschwärmt. Nach dem gemeinsamen Frühstück verabschieden sich die beiden voneinander und Hans verspricht Werner, sich seine nächsten Schritte sorgfältig zu überlegen und sich sobald wie nur möglich bei ihm zu melden.

Als Dr. Hans Becker am Montag seine Praxis betritt, erfüllen ihn seit langer Zeit wieder eine willensstarke Zuversicht und ein felsenfestes Vertrauen auf eine zufriedene Zukunft in der französisch-, deutsch- oder italienischsprachigen Schweiz. Seine pensionierte Sprechstundenhilfe Hildegard, die ihm wieder einmal diese Woche aushilft, bemerkt diese positive Ausstrahlung und fragt ihn in der gemeinsamen Mittagspause nach dem Grund. Dr. Becker spricht zunächst noch in Rätseln, indem er ihr erzählt, endlich Licht am Ende seines Tunnels zu sehen, denn er werde bald einen neuen Weg in seinem momentanen dunklen Leben einschlagen. Er habe die einmalige und hoffnungsfreudige Chance, die sich ihm vor einigen Tagen aufgetan habe, erkannt und werde sie schnellstmöglich in die Tat umsetzen. Er möchte seine Lebensqualität dauerhaft verbessern und habe begriffen, dass er die politische, wirtschaftliche und soziale Lage in den europäischen Mitgliedsstaaten genauso wenig verändern könne wie die europäische Bildungs-, Einwanderungs- oder Arbeitsmarktpolitik. Auch habe er verstanden, nicht die Möglichkeit zu besitzen, sich gegen die Gesundheitspolitik aufzulehnen. Er möchte endlich aufrichtigen Seelenfrieden erfahren, werde daher nicht länger die Ereignisse als schlecht beurteilen und sich weiterhin aufregen oder gar erzürnen. Er werde die verheißungsvolle Zukunft mit offenen Armen empfangen und die neuen aussichtsreichen Herausforderungen annehmen.

Hildegard schaut ihn verdutzt und erstaunt an, denn so optimistisch hat sie ihn seit Jahren nicht mehr erlebt und beglückwünscht ihn zur neuen Lebenseinstellung: „Sie können sich nicht vorstellen, wie oft ich mir gewünscht habe, dass Sie sich früher oder später anpassen. Nun ist es zwar eher später passiert, aber Sie haben endlich eingesehen, dass es Ihnen und Ihrer Gesundheit guttut, sich nicht mehr gegen die aktuellen Zustände zu wehren, sondern sie einfach nur zu akzeptieren und mitzuspielen. Wissen Sie noch, wie wutentbrannt Sie vergangenes Jahr über die Pharmaindustrie geschimpft haben. Sie regten sich derart auf, dass ich damals befürchtete, Sie würden einen Herzinfarkt erleiden. Ich konnte Sie überhaupt nicht mehr beruhigen. Sie fluchten, tobten, brüllten nur. Einen solch heftigen

Wutausbruch hatte ich noch nie erlebt und ich wusste nicht mehr, wie ich Ihnen helfen könnte. Irgendwann ging Ihnen erfreulicherweise die Puste aus und Sie fingen sich wieder. Wie schön, Sie jetzt so entspannt zu sehen". Aber die gute Hildegard scheint den Arzt missverstanden zu haben, denn Dr. Becker passt sich nicht an und er billigt in keiner Weise die europäischen Entscheidungen: „Meine liebe Hildegard, weder dulde ich die politischen Beschlüsse noch habe ich mich adaptiert. Immer noch finde ich, um auf meine aufgebrachten Beleidigungen und wüsten Beschimpfungen die gesamte Pharmaindustrie betreffend, zurückzukommen, die seit Jahren korrupten, undurchschaubaren Machenschaften dieser Konzerne für inakzeptabel und unannehmbar. Oder finden Sie es in Ordnung, dass diese korrupten Halbgötter in Weiß mehr als 500 Millionen Euro jährlich ausgeben, damit zum Beispiel die Ärzte bestimmte Medikamente bevorzugt verschreiben oder die Mediziner an äußerst fragwürdigen Studien bzw. an pharmaabhängigen Fortbildungen gegen Honorar teilnehmen. Weiterhin sponsern diese Konzerne den Ärzten Reisen, damit diese genau ihre Medizin an ahnungslosen Kranken weiter testen und ihnen genauestens berichten, wie gut oder wie schlecht der Patient das neue Medikament verträgt. Wie oft wechselt ein Kollege grundlos ein langjähriges und gut verträgliches Präparat mit der lapidaren Begründung "dieses Arzneimittel ist noch besser für Sie". Obwohl die Bundesregierung im April ein verschärftes Gesetz gegen Korruption im Gesundheitswesen verabschiedet hat, bin ich der Überzeugung, die schwarzen Schafe werden immer wieder Schlupflöcher finden, um sich durchzumogeln. Die veröffentlichte Datenbank, von Spiegel Online und "Correctiv", listet die Ärzte, die im Jahr 2015, Geld von den Pharmafirmen entgegen genommen haben auf und ich bedanke mich im Namen all meiner verantwortungsbewussten und sauberen Kollegen für diese Mitarbeit. Aber keine Angst, liebste Hildegard, ich werde nicht erneut aufbrausen, ich stelle lediglich fest, dass diese Industrie sehr viel Geld für die Vermarktung ihrer Medikamente und in die Überzeugungskraft der am Pharma-Tropf hängenden Mediziner ausgibt. Ich habe mich nie in Wellnesshotels einladen lassen oder sonstige Geschenke angenommen und auch in Zukunft werde ich solche Angebote stets ablehnen. Ich werde mich nie von den Pharmavertretern und deren Unternehmen manipulieren lassen, auch nicht in der Schweiz". Seine ehemalige Sekretärin schaut ihn verblüfft und sprachlos an, denn Sie wundert sich über diese letzten ausgesprochenen Sätze und vor allem über das

Wort "Schweiz". Sie hat an eine Veränderung seiner Gesinnung geglaubt, aber keineswegs an einen Wohnortwechsel. „Liebe Hildegard", fährt Dr. Hans Becker fort „meine weltanschauliche und medizinische Konzeption kann ich nicht neugestalten. Jedoch kann ich die EU verlassen und die Schweiz bietet mir zum gegenwärtigen Zeitpunkt einen Lichtblick. Sie rettet mich aus meiner europäischen Dunkelheit. Für mich liegt "Europa" klinisch tot auf der Intensivstation. Daher ist es Zeit für mich zu gehen". Auf Nachfragen, ob er sich diesen Schritt gut überlegt habe und wohin er gehen werde, antwortet Hans Becker mit einem überzeugten und lauten "JA" und erklärt, seine Praxis zum Jahreswechsel für immer zu schließen, um sich dann Zeit zu lassen, eine Wohnung und neue geeignete Praxisräume in der Ostschweiz oder im Tessin zu finden. Er erwähnt seinen Studienfreund, Dr. Werner Rudi Löhle, der ihm die Möglichkeit einer Praxismitbenutzung angeboten, er sich aber noch nicht entschieden habe, da er ja immer in der italienischen Schweiz leben und arbeiten wollte. Nach dem Studium vor 25 Jahren habe er die Gelegenheit verpasst, sich am Luganer See niederzulassen, denn seine damalige Freundin und spätere Ehefrau, habe sich nie mit der Idee anfreunden können, ihre Heimat Deutschland zu verlassen.

Damals habe die Liebe ihn zurück in das Land der Dichter und Denker gebracht und er habe auch gute und glückliche Zeiten hier in seiner Praxis durchlebt. Leider sei seine kinderlose Ehe vor zehn Jahren geschieden worden und er sei zusehends mürrischer geworden. Er möchte seine kostbare Lebenszeit nicht mehr mit Dingen vergeuden, die ihm missfallen. Er sei sich der Endlichkeit seines Lebens bewusst. Ob er in der Ferne Voll- oder Halbzeit praktizieren werde, wisse er noch nicht, aber vergangenes Wochenende mit seinem schweizerischen Kollegen habe er gelernt, dass Geld nie das eigene Zeitkonto ausgleichen könne, denn mit dem heutigen Tag beginne der Rest seines Lebens. Mit diesen Worten beendet er die Mittagspause und widmet sich wieder seinen Patienten.

Am Abend muss er erneut Bereitschaftsdienst in einem städtischen Krankenhaus verrichten. Zu seiner eigenen Verwunderung verläuft dieser Dienst sehr ruhig: er behandelt sehr wenige und auch nur leicht verletzte bzw. kranke Patienten. Daher hat er Zeit sich mit Sabine, einer der diensthabenden Krankenschwestern, mit der er schon oft zusammengearbeitet hat, zu unterhalten. Auch ihr ist sein Anderssein aufgefallen, so dass sie nach dem Anlass seiner positiven Ausstrahlung fragt, und Dr.

Becker gibt ihr über sein Vorhaben Auskunft: „Sabine, Sie und ich haben vieles hier gesehen und durchgemacht, nun ist es für mich Zeit zu gehen. Ich werde in wenigen Monaten Deutschland verlassen und in die Schweiz auswandern. Ich kann einfach hier nicht mehr leben, ich bin nicht gewollt die Einstellungen und Entscheidungen der EU länger zu ertragen. Schauen Sie sich doch bloß die jungen Menschen, die Träger der zukünftigen Generationen, an. Anstatt von einem unstillbaren Wissensdurst geleitet zu sein, surfen sie ständig in sozialen Netzwerken herum. Suchen sie – was selten genug passiert – nach Wissen im Internet, erhalten sie mit nur einem Mausklick binnen kürzester Zeit teils korrekte teils fehlerhafte Informationen. Die Inspiration zur eigenen Recherche, zum Beispiel in den Bibliotheken oder zur Selbsterfahrung fehle, da es zu anstrengend sei, etwas selbst nachzuschlagen und zu überprüfen. Die Jugendlichen in den meisten Ländern der Euro-Zone stumpfen zu Konsumenten von Fremdinformationen und Apps ab. Im Aufklärungszeitalter habe der berühmte Philosoph Immanuel Kant doch die Wichtigkeit der Mündigkeit, d.h. der Benutzung des eigenen Verstandes hervorgehoben. Er habe alle Bürger dazu aufgefordert, sich ihrer Vernunft kritisch zu bedienen, sich nicht beeinflussen zu lassen, sondern ihre eigene Persönlichkeit selbst zu formen, indem sie eigene Erfahrungen sammeln und stets kritisch nachdenken".

Sabine nickt bejahend und bemerkt, dass auch ihre zwölfjährige Tochter überall das Smartphone, welches sich wie ein zusätzliches Körperteil eingefügt habe, in der Hand halte, darauf schaue oder mit Freunden chatte. Durch das Phänomen „Smartphone" würden sich die Jugendlichen selbst von der realen Welt abschneiden. Zwischenmenschliche Kommunikation sei sogar bei Tisch nicht mehr möglich. Anfangs habe sie versucht, handyfreie Zeiten und Zonen zuhause einzurichten, aber sie habe dies selbst nicht konsequent genug durchgeführt, denn auch sie habe des Öfteren das Handy in der "verbotenen" Zeit/Zone benutzt und nun sei es zu spät. Sie überlasse ihre Tochter ihrem eigenen Schicksal, sie habe Fehler gemacht, aber aufgrund eigener Probleme fehle ihr die Kraft und auch die Zeit, das eigene Kind zu motivieren, anders zu handeln. Die Lehrer in der Schule sollen diese Aufgabe übernehmen, meint sie zuversichtlich. Exakt hier machen die Eltern aber den entscheidenden Fehler. Sie müssen ihren Kindern ein Vorbild sein und sich selbst von klein auf um ihren Nachwuchs kümmern. Sie dürfen ihr Kind weder ständig in eine Kita abschieben noch einer Tagesmutter überlassen. Sie sind verantwortlich für die Zukunft des eigenen Sohnes oder der eigenen Tochter. In der Schweiz gibt es regional sehr unterschiedliche Regelungen für die Kinderbetreuung. Viele Mütter bleiben aber zuhause und betreuen ihren Nachwuchs bis zum vierten Lebensjahr selbst. Auch "europäische" Frauen sollen ihrer Mutterrolle gerecht werden und sich selbst mehr kümmern. Sie dürfen aber keine Smartphone- Eltern werden, die sowohl das Surfen im Internet dem Spielen bzw. der Beschäftigung mit dem Kind, als auch das Chatten dem Vorlesen bzw. dem Reden vorziehen. Infolge eines Notfalls beendet Hans Becker abrupt das Gespräch mit der Krankenschwester. Erst nach Dienstschluss erinnert er sich wieder an Sabines Verhalten ihrer Tochter gegenüber. Er bedauert einerseits den mangelnden Ehrgeiz vieler westlicher Eltern im Vergleich zu den asiatischen und andererseits die fehlende Disziplin zahlreicher Europäer im Vergleich zu den Asiaten. Freilich gibt es auch "europäische" Eltern, die ihr Kind fordern und fördern, ihm wichtige Werte wie unter anderem Anstand, Achtsamkeit, Beharrlichkeit, Disziplin, Integrität, Kreativität, Nächstenliebe, Verantwortung, Weisheit, Bildung vermitteln und es in seinem Werdegang begleiten; ohne dabei zu Helikopter - Eltern zu mutieren. Die chinesisch stämmige Amerikanerin und Yale Professorin, Amy Chua, hat in ihrem autobiographischen Werk "Die Mutter des Erfolgs. Wie ich meinen Kindern das Siegen beibrachte" gezeigt, wie sie es geschafft hat mit Liebe, Strenge, Autorität und Disziplin ihre ältere Tochter, zu schulischen Spitzennoten und Höchstleistungen zu bringen. Sie hat ihre Erziehungsphilosophie bei ihrer jüngsten Tochter aber überdenken müssen, da diese angefangen hat, zu rebellieren. So hat sie, zum Beispiel den Kontakt zu gleichaltrigen Mädchen erlaubt und gelegentlich gemeinsamen Unternehmungen mit Freundinnen zugestimmt. Nichtsdestotrotz hält Amy Chua an ihrem strengen Erziehungsstil fest, denn wie sie selbst sagt, geht es im Leben um folgendes: „hart arbeiten, nicht aufgeben, keine Ausflüchte suchen, Verantwortung übernehmen und selbstständig sein". Die Erfolge einer solch unerbittlichen Erziehungsmethode lassen sich nicht verleugnen: asiatische Schüler schneiden weltweit bei Tests (zum Beispiel Pisa-Test) am besten ab, sie besetzen die meisten der begehrten Studienplätze in Priceton, Harvard oder Yale. Ohne Druck, Drill und Disziplin wollen die Schüler nicht lernen, diese in Asien anerkannte und gelebte Tatsache wird nie durch die Reformen der europäischen Mitgliedsstaaten geändert werden. Anstatt dauernd sinnlos zu reformieren, sollte das europäische Schulsystem wieder auf Frontalunterricht, Auswendiglernen, ständige Wiederholungen und vor allem auf das altbewährte Pauken setzen. Nur derjenige, der in der Schule und zuhause konzentriert, motiviert und inspiriert so viel wie nur möglich lernt und übt, kann und wird in seinem beruflichen Werdegang belohnt. Fleiß und Leistung gehören zu den bewerteten, wichtigen Eckpfeilern dieses erfolgsversprechenden Bildungssystems dazu; Spaß und Freizeit finden dort keinen Platz. In diesen Ländern gibt es im Vergleich zur EU eine diametral entgegengesetzte Lernkultur: zum einen sind die Lehrer nicht schuld daran, wenn ein Schüler etwas nicht versteht, sondern der Schüler hat sich nicht genug angestrengt, zum anderen wissen diese Schüler um die Wichtigkeit der Bildung und Leistung für den sozialen Aufstieg und die spätere materielle Unterstützung ihrer Familie. Weiterhin demotivieren Rückschläge sie nicht, im Gegenteil Misserfolge spornen sie an, mehr zu lernen. Auch in Indien und in Afrika erkennen viele Schüler, die absolute Notwendigkeit der Bildung an, denn nur sie bringt den Menschen weiter. So wird es sicherlich nicht verwundern, wenn eines Tages die Asiaten oder auch die Inder oder die Afrikaner das 21. Jahrhundert dominieren. Viele asiatische und indische Firmen haben bereits den europäischen IT-

Markt erobert. Chinesische Investoren drängen in die Hotelbranche ein. Aber all dies scheint die EU nicht zu motivieren, umzudenken und dagegen anzukämpfen. Vergessen werden dürfen aber auch nicht die arabischen Länder, die sich oft in europäische Unternehmen einkaufen. Diese investieren überall dort, wo hohe Renditen winken, egal ob Autobranche, Häfen, Modemarken, Immobilien, Energiefirmen, Maschinenbaukonzerne, Fluggesellschaften, Fußballvereine oder Banken. Es scheint wirklich die Europäische Union nicht zu kümmern, ob zum Beispiel, die Chinesen, die Inder, die Emirati oder die Katari die Europäer überrollen, schlucken und einstecken.

Nach einigen arbeitsreichen Wochen und Monaten ist der letzte Tag in der Praxis gekommen. Mit einem weinenden und einem lächelnden Auge schließt der Arzt Hans Becker seine Tür zum letzten Mal ab und übergibt am darauffolgenden Tag die Schlüssel dem Vermieter. Er hat seine gesamte Praxis leergeräumt, die Patientenunterlagen sorgfältig durchgearbeitet und an die Patienten, welche ihre Krankheitsgeschichte abgeholt haben, persönlich ausgehändigt. Er bedauert, dass er seine " treue Kundschaft" zurücklässt, aber er hat begriffen, das eigene Wohl über das seiner Patienten stellen zu müssen. Seine medizinisch-technischen Geräte hat er provisorisch in seiner Wohnung untergestellt, denn in seine Praxis wird eine in der EU noch unbekannte interkontinentale Unternehmensberatung einziehen. Er wischt sich die letzten Tränen aus dem Auge und blickt zuversichtlich in seine Zukunft, die er in den vergangenen Wochen nicht vernachlässigt hat: er hat Dr. Löhles versprochene Hilfe bei der Anerkennung seiner Diplome und Approbation und dem Antrag auf eine Arbeitsbewilligung in der Schweiz in Anspruch genommen. Die bürokratischen Gänge haben – wie erwartet – viel Zeit und Mühe gekostet. Seine Eigentumswohnung in Deutschland behält Hans Becker bis auf Weiteres, seine Möbel wird er irgendwann vielleicht in die Schweiz mitnehmen oder sich neu einrichten und die Wohnung samt Möbel verkaufen. Das Thema Unterkunft ist ihm zurzeit nicht so wichtig wie das Thema Arbeit. Er möchte zuerst wissen, wo er arbeiten wird. Hierzu hat sich letzte Woche eine neue Perspektive aufgetan: er hat die Möglichkeit in dem Medizinischen Zentrum in Bad Ragaz, das Ärzteteam im Bereich der medizinischen und ästhetischen Dermatologie zu unterstützen. Als gestandener Facharzt für Hauterkrankungen kennt er sich bestens mit Dermatosen aus, trotzdem müsste er sich auf dem ästhetischen Gebiet weiterbilden. Dies wäre eine neue Herausforderung, der er sich gerne stellen würde. In diesem Zusammenhang stellt er Ende Januar sein bis dahin ausgearbeitetes Konzept dem ärztlichen Direktor des Medizinischen Zentrums im Beisammensein der beiden Ärzte für Dermatologie vor. Er hofft bis dahin den Wortschatz seines Schweizerdeutschen etwas vergrößert zu haben, denn er weiß ganz genau, dass die Schweizer es zu schätzen wissen, wenn ein Ausländer den Dialekt ihrer Region lernt.

Trotzdem wird er übermorgen ins Tessin reisen, um auch die Idee einer Niederlassung in der italienischen Schweiz zu überprüfen und mit altbekannten Italo-Klassikern und einem Glas Rotwein "Mille e una Notte" stimmt er sich auf das Land des Genusses, der Leidenschaft und der Sehnsucht ein – wohlwissend, dass der Kanton Tessin im Süden der Schweiz und nicht in Italien liegt.

In <u>Lugano</u> angekommen, bleibt er für einige Tage im <u>Grand Hotel Villa Castagnola</u>. Dieses renommierte Haus am Ufer des Luganer Sees, nimmt seit 130 Jahren einen besonderen Platz in der Schweizer Hotellerie ein und bietet seinen Gästen ein malerisches See- und Bergpanorama mit den Aussichtsbergen "Monte Bré" und "Monte San Salvatore". Inmitten eines weitläufigen subtropischen Parks glänzt das luxuriös-gediegene Traditionshaus, welches einst das Zuhause einer russischen Adelsfamilie war, mit einer Kombination von historischem Ambiente und modernem Zeitgeist. Hans Becker schwelgt in Erinnerungen an alte Zeiten, als er auf einem der drei Balkone seiner Suite "San Salvatore", welche mit seiner unvergleichlichen Lage am Luganer Sonnenplateau punktet, seinen Blick in die Ferne schweifen lässt. Er denkt an seine gescheiterte Ehe und an die schönen unbeschwerten Tage mit seiner Sibille. Als junger Medizinstudent lernte er sie nach seinem 3. Staatsexamen in Como kennen. Er war damals beruflich am Ziel seiner Träume angelangt und gönnte sich nach einer eisernen Studienzeit zwei Tage Auszeit in einem der berühmtesten italienischen Grandhotels: Die illustre Villa d´Este in Cernobbio, früher die Sommerresidenz des Kardinals von Como, ist seit 1873 ein Luxushotel für eine exklusive Klientel aus Adel, Politik und sonstiger Prominenz oder für Normalsterbliche, die sich einmal in ihrem Leben zu einem besonderen Anlass etwas Außergewöhnliches leisten möchten. Als Student hatte sich Hans während seines gesamten Studiums nie eine Belohnung für eine bestandene Prüfung genehmigt, auch verreiste er nie am Wochenende oder in den Semesterferien wie die meisten seiner Kommilitonen. In den kalten Herbst- und Wintermonaten hatte er immer nur in seinem winzigen Studentenzimmer und an den wärmeren Frühlingstagen oder im Sommer in einer Parkanlage gelernt. Am Anfang verdiente er als Taxifahrer nachts und später als studentische Aushilfskraft in der Uniklinik Geld. Dieses hatte er all die Jahre gespart: weder besuchte er eine Kneipe noch ein Restaurant (mit einer schicksalhaften Ausnahme im Sommer 1986), noch trieb er sich in den zahlreichen Studentenklubs oder auf Studentenpartys herum. Ein wildes Party- oder ein ausschweifendes Studentenleben mit Aktivitäten, die nichts mit seinem Bildungsziel zu tun hatten, lehnte er stets ab. Ihm ging es lediglich um das Lernen und um seinen Abschluss. Aus diesem Grund führte er kein soziales Leben, bis er per Zufall an einem heißen Sommertag im Jahr 1986 im Biergarten am Chinesischen Turm Werner Rudi traf. Er erinnert sich an diesen Tag als sei es gestern gewesen. Beide saßen am selben Tisch und bestellten unter einer schattigen Kastanie ein kühles Hofbräu-Bier. Als Hans´ schweres Medizinbuch vom Tisch rutschte und auf den Boden gleich neben Werni polterte, hob dieser es auf und sprach ihn an. Beide waren sich von der ersten Sekunde an sympathisch, teilten dieselbe Auffassung vom Studium und lagen somit auf der gleichen Wellenlänge. Sie entschlossen sich, des Öfteren gemeinsam im Englischen Garten für ihr lernintensives medizinisches Studium zu büffeln. Die damals entstandene Freundschaft hat sich immer weiter vertieft und der Kontakt ist nie abgerissen. Die beiden Ärzte haben nach dem Studium immer schriftlich oder telefonisch miteinander kommuniziert und sich gelegentlich in Deutschland oder der Ostschweiz getroffen. Mit großer Freude denkt Hans an die zu selten unternommenen gemeinsamen Wanderungen im Heidiland zurück. Besonders die 5-Seen-Wanderung, eine wundervolle Panorama-Bergwanderung mit traumhafter Weitsicht, welche die beiden nicht nur an 5 kristallklaren, malerischen Bergseen (wie zum Beispiel den grünblauen Wangsersee), sondern auch am Pizolgletscher vorbeiführte, bleibt Hans in sagenhaft schöner Erinnerung. Auch bei seiner Hochzeitsfeier durfte Werner nicht fehlen, obwohl dieser ihm von einer Eheschließung mit Sibille abgeraten hatte. Seine düstere Prophezeiung bewahrheitete sich letztlich, denn die einvernehmliche Scheidung wurde vor vielen Jahren vollzogen. Während Hans sich eine dermatologische Arztpraxis in einer Großstadt aufbaute und wenig Zeit für Sibille hatte, fühlte sich seine damalige Gattin in der Ehe vernachlässigt. Zu Beginn arbeitete sie als Arzthelferin und Sprechstundenhilfe mit, da sich ihr Ehemann noch keine Kraft leisten konnte und sie bereits ihre Ausbildung als medizinisch-technische Fachangestellte abgeschlossen hatte. Schnell fiel beiden auf, dass sie nicht zusammenarbeiten können, hielten dennoch aus finanziellen Gründen einige Jahre durch, bis Sibille zuhause blieb, um den Haushalt zu führen und Hans die gute Seele Hildegard einstellte. Die Ehe blieb kinderlos und die Befürchtungen seines Freundes trafen ein: aufgrund mangelnder Gemeinsamkeiten fühlte Sibille sich in den folgenden Ehejahren oft einsam, ausgeschlossen, ungeliebt und unbeachtet. Die Empfindung der emotionalen Entfremdung, welche sich schleichend ankündigte, wollte Hans nicht bemerken, weil er sich auf seinen Praxisalltag konzentrierte, und Sibille kam mit der Zeit, die Kampfeslust abhanden. Heute ist Dr. Becker davon überzeugt, dass Sibille sich nie in dieser großen Stadt hatte einleben können, sondern nur seinetwegen dorthin gezogen war, und er sich nur ihr zuliebe einen deutschen Standort ausgesucht hatte. Als sich eine tiefe emotionale Entleerung eingestellt hatte, gab sie schließlich auf und beide beendeten ihre Ehe in Einklang. Mittlerweile ist Sibille glückliche Mutter von eineiigen Zwillingen und lebt ein einfaches, aber zufriedenes Leben mit ihrem Mann in einem kleinen Dorf.

Schade, dass es so gekommen ist, aber das absolute Glück, die innige Zuneigung, das grenzenlose Vertrauen, die Wärme, welche beide damals in Italien gemeinsam verspürt hatten, hatte nicht gereicht, um ein Leben zu zweit oder zu dritt/viert zu verbringen. Höchstwahrscheinlich hätten sie sich vor der Heirat besser kennenlernen müssen, dann hätten sie ihre unterschiedlichen Vorstellungen von einer gemeinsamen Zukunft wahrgenommen. Da dem nicht so war, bleiben Hans Becker nur wehmütige Erinnerungen an ihre ungetrübte, paradiesische Zeit des Kennenlernens.

Vor vielen Jahren checkte er – wie bereits gesagt – in der Villa d´Este in Cernobbio am Comer See für ein Wochenende ein und erlebte 100 Mal den Himmel auf Erden in und außerhalb dieser Hotel-Legende. Bei einem gemütlichen Spaziergang durch die schmalen, malerischen Gassen, der von alten Natursteinhäusern geprägten Comer Altstadt, fielen ihm zwei junge Frauen mit einem Stadtplan den Weg zum See suchend, auf. Da sie Deutsch sprachen, bot er ihnen an sie zum See hinunter zu begleiten. Sofort baute er eine tiefe Vertrautheit zu einer der beiden Frauen auf und zögerte trotz beschleunigtem Herzschlag nicht, sie auf ein gemeinsames Abendessen auf die Terrasse des Restaurants

"Veranda" einzuladen. Ihr natürliches Aussehen und ihre charismatische Ausstrahlung zogen ihn von der ersten Minute an in ihren Bann, und er erinnert sich noch ganz genau an seine überschwängliche Freude als sie zusagte. Abends auf der luftigen Terrasse der Villa d'Este speiste er zum ersten Mal in einem Anzug mit Krawatte (dieser Dresscode ist abends Pflicht) mit Sibille. Ihre Unsicherheit fiel ihm sofort auf, aber er tat diese als übliche Begleiterscheinung beim ersten Treffen ab. Wäre er nicht so verliebt auf den ersten Blick gewesen, hätte er merken müssen, dass diese mondäne Welt nichts für Sibille sei und auch nie etwas sein werde. Sie fühlte sich sichtlich unwohl inmitten dieser anspruchsvollen und vermögenden Klientel aus aller Welt, griff ständig in ihre Haare und zupfte an ihrem Kleid herum. Hans Becker deutete ihre große Nervosität und Angespanntheit als Zeichen für ihr Interesse an ihm und erzählte nebenbei von der Liebesaffäre zwischen Maria Callas und Aristoteles Onassis, welche angeblich in der Villa d'Este begonnen hat. Er bemerkte, er würde sich wünschen, dass aus seiner tiefen Zuneigung zu ihr eine gemeinsame Zukunft werden würde. Ob er seinerzeit wohl zu forsch in seiner Liebesbekundung war und sie zu schüchtern, um ihn abzuweisen? Nein, das kann Dr. Becker sich nicht vorstellen, denn die fol-

genden Tage (er verlängerte spontan seinen Aufenthalt in Como) in einer kleinen romantischen
Pension waren von gegenseitigen ultimativen
Glücksmomenten erfüllt: beide fühlten sich so le-
bendig wie noch nie zuvor. Sie erlebten das so
wertvolle Gefühl der Vertrautheit und gleichzeitig
beflügelte sie das Kribbeln in ihren Körpern. Für
ihn war es die wahre Liebe, er machte ihr nicht aus
einem euphorischen Moment spontan heraus einen
Heiratsantrag, sondern er entschied sich bewusst
für sie. Sie war die Frau an seiner Seite, und er ver-
zichtete ihretwegen auf ein Leben und eine Karriere im Tessin, denn sie wollte nur in ihrer Bundesrepublik leben. Sie gab seinetwegen ihr idyllisches,
ländliches Dasein für ein Leben mit ihm in der
Großstadt auf. Beide glaubten ehrlich und aufrich-
tig an ein glückliches Familiendasein. Aber der Alltag holte sie ein, das rauschartige Empfinden wurde
schnell flügge, Ernüchterung stellte sich ein. Sie
ließ von ihren eigenen Bedürfnissen ab und versuchte sein Leben zu leben, und er konnte ihr den
Traum einer gemeinsamen Familie nicht erfüllen.
Sie schafften den Balanceakt zwischen Selbsterfül-
lung und Selbstaufgabe nicht. Da Sibille nicht weiter gewollt war, das – aus ihrer Sicht – Opfer zu
sein, beschlossen beide sich scheiden zu lassen.
Obwohl es Hans fast sein Herz zerrissen hatte, sei-

ne Sibille für immer zu verlieren, ließ er sie gehen und wünschte ihr von Herzen ein erfülltes und glücklicheres Leben mit einem anderen Mann, der ihr das bieten würde, was er ihr nicht hatte geben können: Kinder und eine gemeinsame Zeit. Hans fokussierte sich auf seine Arbeit als Mediziner und lebte nur wenige kurze, oberflächliche Beziehungen. Um nicht in tiefste Melancholie zu versinken, beschließt Dr. Becker den Balkon seiner Suite zu verlassen und im "Salone del Camino" in dem Grand Hotel Villa Castagnola, den traditionell britischen Afternoon Tea stilvoll in edlem Ambiente einzunehmen.

Beim Betrachten des lodernden Kaminfeuers ist er wieder einmal auf der Suche nach der unwiederbringlich verlorengegangenen Zeit, aber der aufmerksame Generalmanager spricht ihn an und beide führen ein interessantes philosophisches Gespräch über den facettenreichen Begriff "Zeit", den Wert der Zeit und den Sinn des Lebens. Gelassen begibt sich Hans Becker später in seine traumhafte Suite, da er das Rad der Zeit weder zurück- noch nach vorne drehen kann, und er dies auch nicht mehr möchte. Er richtet seinen Blick auf das Hier und Jetzt, quält sich nicht weiter mit schmerzlichen Erinnerungen und ist fest entschlossen, seinen

Traum von einem Leben in der Schweiz zu verwirklichen. Obwohl sein Glück nicht vollkommen ist, fühlt er sich innerlich zufrieden, denn er akzeptiert und schätzt das, was er im Moment hat: einen freien Entscheidungswillen, wo und wie er leben und arbeiten möchte. Er lauscht auf seine innere Stimme, die ihn zum Aufbruch mahnt.

Gleich morgen früh besichtigt er mehrere Praxen, die zur Abgabe bereitstehen. Sein erster Weg führt ihn in eine Tessiner Gemeinde am Luganer See, ins nahegelegene Morcote, das 2016 als „schönstes Dorf der Schweiz" ausgezeichnet worden ist. Die dermatologische Praxis von Dr. Andrea Zacchera, die oberhalb des Dorfes liegt, scheint leicht in die Jahre gekommen zu sein, aber dennoch strahlt sie etwas Urgemütliches aus. Bei einem ausführlichen Gespräch lernen sich die Ärzte näher kennen und Dr. Becker merkt schnell, wie schwer es dem älteren Dr. Zacchera fällt, sein Lebenswerk loszulassen und seine Patienten an einen anderen, weiter zu reichen. Dr. Zacchera hat fast 40 Jahre lang hier praktiziert und die emotionale Bindung an seine Praxisräume ist unverkennbar. Im Laufe der Unterhaltung drückt er schließlich in teilweise verschlüsselter Form seinen Herzenswunsch aus: „Verehrter Hans, ich darf Sie doch beim Vornamen anreden, um Ihnen die Übernahme zu erleichtern, damit Sie sich bestens einarbeiten können und um eine optimale Versorgung meiner Patienten zu garantieren, werde ich Ihnen in einer Übergangszeit zur Seite stehen und eine Zeit lang weiterhin mit Ihnen praktizieren. So kann auch ich meiner Berufung nachkommen und muss mich nicht sofort zur Ruhe setzen." Selbstverständlich versteht Hans Becker diesen Wunsch, aber auch er besitzt eine langjährige Erfahrung und kann sich nicht vorstellen, mit dem Vorgänger zusammen zu arbeiten. Er fühlt sich zwar im Orts- und Dorfzentrum von Morcote, der mediterranen Seele der Schweiz, sehr wohl und hat sich bereits gedanklich ausgemalt, hier mit Blick auf diese paradiesische Landschaftskulisse, "die Perle des Ceresio", zu arbeiten, jedoch lehnt er eine Mitarbeit seines Kollegen kategorisch ab. Die zweite Praxis, die er sich anschaut, liegt im Bezirk Locarno in Ascona (ungefähr 50 Autominuten von Lugano entfernt), dem tiefst gelegensten Ort der Schweiz am Nordufer des wunderschönen Lago Maggiore. Hier trifft er sich mit dem Dermatologen Dr. Daniele Rosso, der seine Einzelpraxis seit einem Monat zu verkaufen versucht, und gleich indirekt auf den Preis zu sprechen kommt. Dr. Rosso berichtet vom unermesslichen ideellen Wert, den die Praxis zu bieten hat. Er zählt seinen aufgebauten treuen Patientenstamm auf und hebt die besondere verkehrsgünstige Praxislage hervor. Weiterhin betont er seinen Bekanntheitsgrad am gesamten Langensee: „Meine Anerkennung erspart Ihnen, Dr. Becker, die mühsame Aufbauarbeit einer neuen Kundschaft. Auch habe ich bereits die Einwilligungserklärung all meiner Patienten zur Weitergabe ihrer Akten an meinen Nachfolger eingeholt". Schließlich zeigt er ihm den materiellen Wert, indem er auf seine Geräte und Instrumente im Einzelnen zu sprechen kommt. Dr. Becker merkt sogleich, dass er nicht der richtige Nachfolger ist, denn er möchte mit seinen eigenen medizinischen Geräten arbeiten und hält die Berechnung der Praxiswertermittlung für unrealistisch.

Bevor er wieder zurück nach Lugano fährt, zieht es ihn in das malerische und zugleich wildromantische Tal der "100 Täler", welches sich durch tiefe Schluchten, atemberaubende Wasserfälle, dichte Kastanienwälder und skurrile Felsformationen auszeichnet. Im Centovalli genießt er die einzigartige Ruhe, die nur noch in solch unverfälschten Naturlandschaften zu finden ist. Er ist sich sicher die unendlichen Wandermöglichkeiten, die ihm hier in dieser unberührten Natur geboten werden, bald erkunden zu können.

Am Abend kontaktiert er seinen Freund und Helfer Dr. Löhle und erzählt ihm am Telefon von seinem heutigen Tag. Zu seinem Erstaunen findet Werner Rudi den geforderten Praxiswert von Dr. Rossi keineswegs überhöht. Zum einen sei die Schweiz nach den Bermudas und vor Hongkong und Singapur das teuerste Land der Welt zum Leben, zum anderen sei der Kanton Tessin bekannt für überdurchschnittlich hohe Ablösesummen wie auch Prämienzahlungen in vielen Bereichen. Nachdem Dr. Becker diese ernüchternden Fakten verarbeitet hat, nimmt er sich vor, die morgigen Besichtigungen mit einem anderen Auge zu betrachten. Er bedauert, dass er sich in Deutschland nicht auch um einen Nachfolger gekümmert hat: so hätte er wahrscheinlich viel Geld erwirtschaften können. Da er aber seine deutsche Praxis so schnell wie nur irgendwie möglich hatte schließen wollen, hatte er die Option mit einem Nachfolger vor oder nach der definitiven Übergabe zusammen zu arbeiten von vornherein nicht in Betracht ziehen mögen. Weiterhin hat er so wenig Vertrauen in die meisten jungen Mediziner, sodass er es nicht mit seinem reinen Gewissen hätte vereinbaren können, seine Patienten an einen Fremden zu übergeben. Neulich hat er sogar erfahren, dass zu wenige Studenten das erste Studienjahr an einer renommierten deutschen Universität bestanden hatten, dass kurzerhand beschlossen wurde, 20% der offiziell Durchgefallenen, doch mit ins zweite Jahr zu nehmen. Diese Tatsache gibt Dr. Becker wieder einmal den Anlass, sich über das Bildungsministerium zu ärgern. Es darf doch nicht sein, dass nicht nur das Abitur, sondern jetzt auch noch das Studieren immer leichter wird. Aber es muss wohl so sein, denn die Realität zeigt den defizitären Wissensstand der meisten Schüler und Studierenden, deren Noten wie von Zauberhand nach oben bzw. nach unten je nach Bewertungssystem korrigiert werden, damit sie ihren Abschluss schaffen. Tragisch wird diese von der Politik gedrehten Situation für die wenigen wirklich fleißigen und intelligenten Schüler, die im "europäischen" Schulsystem, welches die Anforderungen stets absenkt, von klein auf nicht genügend gefördert werden. Sie müssen sich ihren Mitschülern anpassen. Werden sie nicht zuhause zusätzlich von ihren Eltern unterrichtet oder wechseln auf eine nicht öffentliche Schule, verkümmert auch ihr Geist. Bevor Hans Becker weiter über die EU schimpft, besinnt er sich und freut sich auf sein Leben in der Schweiz, denn er hat – wie viele andere Menschen über fünfzig auch – bereits seine Lebensmitte überschritten und reist dem Sonnenuntergang seines Lebens entgegen. Aber er hofft auf eine lange, wolkenlose Reise.

In den folgenden Tagen schaut sich Hans Becker zwei weitere Praxen, die zum Verkauf stehen an, und er begutachtet Eigentums- und Mietwohnungen zwecks Ausübung einer eigenen neuen Arztpraxis. Bei einem angesehenen Objekt lässt sich seine Idee einer Praxisneugründung in der Schweiz realisieren, da er dort die Praxisräume und deren Ausstattung nach seinen eigenen Vorstellungen gestalten kann. Dies ermöglicht es ihm, selbstständig zu arbeiten. Er ist es immer gewohnt gewesen, sein eigener Herr zu sein und möchte erst recht nicht jetzt an irgendjemandes Weisungen gebunden sein. Er hält sich daher an Paracelsus´ Lebensdevise " Es sei niemand eines anderen Knecht, der sein eigener Herr sein kann". Ein solcher Schritt muss dennoch sorgfältig überlegt werden. Hans wird sich kommende Woche mit Werner Rudi zu einer Lagebesprechung vor Ort treffen. Die Praxissuche scheint beendet zu sein, bauliche Veränderungen sind nicht nötig, seine Ausstattung passt hervorragend herein, lediglich kleine Anpassungen, die kaum Zeit kosten werden, müssen gemacht werden. Diese Feststellung wird auch später von Dr. Löhle bestätigt. Leider ist dieser nicht so zuversichtlich was den Finanzierungs- und Zeitplan seines Kollegen angeht. Wie Werni so treffend bemerkt, werden die Wahl einer passenden Versicherung, die richtige Marketingstrategie, die Einarbeitung in das schweizweit gültige Tarifwerk (Tarmed), dessen Taxpunktwert kantonalbedingt unterschiedlich festgelegt worden ist, die Erstellung eines Hygieneplans mit der Entsorgung von Praxisabfällen, viel Zeit beanspruchen. Des Weiteren vermerkt Werner Rudi, dass in der Schweiz das Apothekenwesen kantonal geregelt sei, sodass auch Ärzte unter geringen Auflagen aber ohne zusätzliche pharmazeutische Ausbildung eine eigene Patientenapotheke betreiben könnten und Hans solle sich informieren, ob auch er nicht diese lukrative Zusatztätigkeit anbieten wolle und dürfe. Langsam versteht Dr. Becker, dass er so schnell nicht eröffnen kann, wie er sich dies vorgestellt hat. Er muss sich in so manchen Sektor noch intensiv einarbeiten und gegebenenfalls einen Arzthelfer oder eine Arzthelferin einstellen. Auch müssen seine medizinischen Geräte überführt und diese elektrischen Betriebsmittel in der Schweiz geprüft werden, bevor sie zugelassen werden können. Gut, dass er einen kompetenten Fachmann, der ihn berät an seiner Seite hat. Sonst würde es noch länger dauern oder er müsste, auf die Hilfe einer Agentur zurückgreifen. Dr. Löhle erwähnt beiläufig (er möchte seinen Freund nicht unter Druck setzen) sein Angebot der Praxismitbenutzung, welches immer noch gelte. So könne Hans sich ganz langsam in den Alltag einarbeiten und die Zulassung für seine technischen Geräte würde vielleicht weniger lang dauern, da Werner Rudi den zuständigen Sachbearbeiter für den Kanton Chur kenne. Irgendwie hat Dr. Becker sich seinen Neuanfang leichter vorgestellt, er ist wohl zu übereifrig und zu naiv gewesen. In der darauffolgenden Nacht kommen bei Hansi erste Zweifel an einer neuen selbstständigen Praxis im Tessin auf. Ist es wirklich sinnvoll in seinem Alter noch einmal von vorne anzufangen? Soll er sich diese finanzielle Last aufbürden? Ein endgültiger Entschluss steht noch nicht fest. Er telefoniert mit dem Immobilienmakler und bittet ihn, das ausgesuchte Objekt zwei Wochen zu reservieren. Dieser willigt ein und Dr. Becker verspricht ihm, in spätestens 14 Tagen Bescheid zu geben.

In der Folgezeit bereitet er sich intensiv auf sein Bewerbungsgespräch im Medizinischen Zentrum in Bad Ragaz vor und verlängert seinen Aufenthalt in dem Grand Hotel Villa Castagnola in Lugano. Er findet die Aussicht aus seiner Suite für seine Vorbereitungen sehr inspirierend und arbeitet während einer Woche fast ununterbrochen an seinem Vortrag. Entspannung bietet ihm der gut temperierte und großzügig geschnittene lichtdurchflutete Innenpool in minimalistischem Design. Auch lässt er

sich abends im hauseigenen Spa bei einer Kerzen-
ölmassage verwöhnen und später dann im puristi-
schen Design eingerichteten neuen Ruheraum seine
Seele baumeln. Bevor er kommende Woche das
Tessin gegen den Kanton St. Gallen eintauschen
will, reist er für zwei Nächte in die zweitgrößte
Stadt Italiens.

Die Hauptstadt der Lombardei liegt eineinhalb
Autostunden von Lugano entfernt und Dr. Becker
hat in den Jahren nach seiner Scheidung ab und zu
ein Wochenende in Mailand verbracht. Diese facettenreiche Stadt bietet für jeden Geschmack etwas,
und beim Vorbeischlendern an der Scala erinnert
Hans sich an seine einsamen Besuche nach seiner
Ehescheidung in dieser weltweit bekannten und
berühmten Oper mit ihren rot verkleideten Logen.
Sehr gerne hätte er früher seine Sibille mit in dieses
ehrwürdige Traditionshaus genommen, aber seine
geschiedene Frau hatte weder Gefallen an Opern
noch am Ballett gefunden. Dr. Beckers interessan-
testes Opernhauserlebnis hatte er am 7. Dezember
2016 bei der Premiere von Verdis "Giovanna
d'Arco" mit der Sopranisten Anna Netrebko erleben dürfen, da er stolzer Besitzer eines überteuerten
Premierentickets war. Jedes Jahr findet am Feiertag
des Mailänder Stadtpatrons die alljährliche Saison-

eröffnung, zu der hochrangige politische Größen der Scala ihre Ehre erweisen, statt. Auch Könige in der zentralen und voll besetzten Königsloge, Scheichs und Maharadschas sind an diesem Abend zu sehen, und die Prominenz aus der Film-, Mode- und Businesswelt kommt zur Premiere der Opernsaison nach Mailand. Diese "Inaugurazione" wird jedes Jahr zum Ehrentag des Stadtheiligen, Sant´Ambrogio, zu einer gesellschaftlichen, wirtschaftlichen und medial erfolgreichen Groß- und Glanzveranstaltung hochstilisiert. Die wahre Oper aber findet vor dem Opernhaus hinter den zahlreichen Absperrungen statt: dort lassen die Normalsterblichen (Künstler, Handwerker, Kleinunternehmer...) mit Trillerpfeifen und gelegentlich mit Rauchbomben ihrer Wut über die landesweite Spar- und Steuerpolitik freien Lauf, die Altkommunisten und Gewerkschaftler grölen lautstark durch ihr Megafon das weltweit verbreitete Kampflied der sozialistischen Arbeiterbewegung (genannt die Internationale), und die Demonstranten protestieren mal friedlich mal aggressiv (mit faulen, fliegenden Eiern bzw. Tomaten und brennenden Feuerwerkskörpern) gegen die europäische Reformpolitik, während die Polizeischar und die Sicherheitskräfte versuchen, der Lage Herr zu bleiben. Die Mailänder Scala befindet sich im goldenen Shopping-Dreieck zwischen der Galleria Vittorio Emanuele II (benannt nach dem König Italiens, der persönlich die Galerie am 15. September 1867 eröffnet hat), der Via Montenapoleone und der Via della Spiga. Sowohl in der überdachten Einkaufsgalerie aus dem späten 19. Jahrhundert als auch in den beiden prächtigen Modestraßen (Montenapoleone und Spiga) und deren Seitenstraßen reihen sich die luxuriösesten Modeboutiquen der Welt aneinander. Alles, was in der Mode- und Schmuckwelt Rang und Namen hat, findet der gutbetuchte Kunde im goldenen Mode-Dreieck, und das Geld zerrinnt hier zwischen den Fingern genauso schnell wie Schiffe oder Flugzeuge spurlos im berühmtberüchtigten, mysteriösen Bermuda-Dreieck verschwinden. Die Fashionmetropole bietet auch jungen Talenten eine einmalige Chance auf ein großartiges Debüt und eine weltweite Karriere auf den vier alljährlich organisierten Herren- und Damenmodemessen, die jeweils eine Woche andauern. Alle großen Designerlabels (wie zum Beispiel: Chanel, R.Vivier, L. Vuitton, Dior) findet man auf engstem Raum in diesem atemberaubenden Modeviertel, welches auch die Heimat von italienischen Designermarken (unter anderem Armani, Bottega Veneta, Cavalli, Corneliani, Etro, Fendi, Gucci, Dolce-Gabbana, Missoni, Prada, Versace, Zegna) ist. Dr. Beckers Augen genießen sichtlich die stilsicher gekleideten Menschen, die sich von den sündhaft teuren aber einmalig kreativen Kreationen der Modeschöpfer zum Kauf verleiten lassen. Hier spürt man noch allgegenwärtig die berühmte "italienische Grandezza", die auffällig zelebriert wird. Klasse statt Masse, Qualität statt Quantität, Originalität statt Standard werden großgeschrieben. Die Mailänder haben ein Gespür für Mode und die Stadt gibt ihnen die Möglichkeit, ihren guten Geschmack in einem klassischen, eleganten oder einem gewagten, exzentrischen Stil auszuleben. Mode ist für sie immer noch keine Nebensache und hoffentlich bleibt das auch so, denkt Dr. Becker, denn eine gepflegte, modische Erscheinung ist für einen Mailänder Pflicht. Nie würde dieser einen Schlabberpullover anziehen oder sich schlampig kleiden. Leider gehören diese "modischen Außenseiter" zur Tagesordnung im restlichen "Europa". Mit diesem Bekleidungsverfall gehen vor allem in Deutschland, in Belgien und in Luxemburg ein Höflichkeitsverfall, ein Verfall der Esskultur und ein Kulturverlust einher, denn die wenigsten jungen Menschen besitzen noch Manieren, legen Wert auf stilvolle hochwertige Kleidung, gutes Essen oder anspruchsvolle Kultur. Die Kleider sind einerseits bedauerlicherweise zu einem reinen Gebrauchsgegenstand degradiert worden, andererseits ersetzt schnelles günstiges Fast Food die frisch zubereiteten Speisen. Fast niemand achtet sorgfältig auf das, was er sich tagsüber in den Mund steckt und was er morgens anzieht. Aber in der Modemetropole Mailand gerät der modebewusste Hans Becker beim Anblick der vorbeihuschenden, luxuriös gekleideten Menschen noch immer ins Schwärmen. Er bewundert den italienischen Lebensstil. Hier gilt niemand als overdressed und auch niemand wird angepöbelt, weil er gerade einen Pelz trägt. Dr. Becker verurteilt zwar auf Schärfste die profitgierige Pelzindustrie, die jedes Jahr Milliarden von Tieren quält, aber er würde niemals einen Pelzträger verbal oder averbal angreifen. Den restlichen Nachmittag verbringt Hans Becker in der Bar des luxuriösen Hotels "One Season" in einer der vielen Seitenstraßen der Via Montenapoleone mitten im goldenen Dreieck. Die Vorhalle teilweise mit Blick auf den Klostergarten, einen üppig bewachsenen Innenhof, befindet sich in einem umgebauten Kloster mit Arkadengängen aus dem 15. Jahrhundert. Das Hotelareal mit wunderbaren Fresken wird ergänzt durch einen 160 Jahre alten restaurierten und renovierten Palast. Dr. Becker setzt sich in einen der prächtigen Polstersessel und schaut in den mit Lichterketten dekorierten Hotelgarten. Diese Außenbeleuchtung zaubert nicht nur einen leuchtenden Glanz auf die uralten Bäume und lässt die Hecken in einem warmen Licht erstrahlen, sondern sie scheint auch die Bedienung zu illuminieren, denn der Barkeeper überreicht mit einem faszinierenden, echten und herzlichen Lächeln die Getränkekarte.

Hans Becker beobachtet die Gäste, die sich zu dieser sehr frühen Abendstunde in der Hotelbar aufhalten. Ihm fallen vor allem die zahlreichen älteren, grau melierten Herren mit ihren blutjungen Begleiterinnen auf. „Jaja diese Sugar Daddys mit ihren Sugar Babes, murmelt Dr. Becker vor sich hin, die sind immer sehr attraktiv für hübsche, junge, schlanke, allzeit verfügbare, unkomplizierte, finanzschwache, aber sehr anspruchsvolle und berechnende junge Frauen, welche die luxuriöse Seite des Lebens zu schätzen wissen". Eine Geschäftsbeziehung der etwas anderen Art, die der Romantiker Hans Becker sich nicht vorstellen kann und auch nicht leisten will. All diese "Lolitas" haben ein aufgesetztes Lächeln und ihre Augen strahlen oft leider nur Einsamkeit und Traurigkeit aus. Aber sie bemühen sich sehr, ihren Job zu erfüllen und versuchen stets zu lächeln, mal mehr mal weniger krampfhaft. Während ihre äußerst vermögenden und erfolgreichen Begleiter mit ihrem Smartphone, der Blackbox ihres Lebens, beschäftigt sind, schauen diese Zuckerpüppchen sich gelangweilt um. Sobald die beruflich sehr angespannten Männer ihr Handy beiseite auf den Tisch legen, versuchen ihre "Schmuckobjekte" sie zu unterhalten und ihnen das Gefühl zu vermitteln, sie seien etwas ganz Besonderes. Hans Becker hat dieses "lukrative" Geschäftsmodell durchschaut: in diesem Fall reist er gerne allein und erfreut sich lieber an einer Landschaftskulisse, einem Opernbesuch, einem guten Essen oder an seinem neuen Leben, als an der Jugend und Schönheit einer Fremden, die nur danach trachtet, ihre Finanzen aufzubessern. Er denkt an den verheirateten Münchner Unternehmer Paul, der vor einem Jahr seine Frau und seine beiden Kinder verließ, da er fälschlicherweise glaubte, sein schönes Aushängeschild, Carlotta, würde mit ihm ihr weiteres Leben verbringen wollen. Selbstverständlich begleitet sie ihn zu seinem 50. Geburtstag nach New York und die gemeinsame Zeit ist für ihn ein unvergessliches Erlebnis geblieben. Auch leistete sie ihm in den folgenden sechs Monaten auf jeder Geschäftsreise rund um den Globus Gefolgschaft. Anfangs erlebte er mit ihr den Himmel auf Erden, während seine Familie zuhause emotional die Hölle durchlebte. Aber die pragmatische Carlotta verkaufte ihre sexuelle Aufmerksamkeit teuer, sodass

Hans´ Bekannter innerhalb eines halben Jahres fast pleite gewesen war. Paul schenkte ihr seinen Ferrari, verkaufte seinen Aston Martin, um kurzzeitig wieder flüssig zu werden. Er hatte sein Bankkonto überzogen, um die teuren First -Class Flugtickets bezahlen zu können. Als kein Geld mehr da war, bekam er auch keine "Ware" mehr: Carlotta hatte ihn eiskalt abserviert. So tief unten war er noch nie in seinem Leben, und er hatte sich auch in seinen kühnsten Träumen einen solchen Albtraum nie vorstellen können. Reumütig wollte er danach zu seiner betrogenen Ehefrau zurückkehren. Obwohl er ihr geschworen und ihr immer wieder versprochen hatte, nie wieder einen solch fatalen Fehler zu begehen, da er in Wirklichkeit nur sie lieben würde und er sich auch im Nachhinein überhaupt nicht vorstellen könne, wie er in eine solche Situation geraten sei, reichte seine Frau die Scheidung ein. Nun steht er alleine da, weil sich auch seine Kinder von ihm abgewandt haben. Bevor Dr. Becker weiter über das jetzige Leben seines Bekannten reflektieren kann, schreiten drei atemberaubend verführerische Grazien in High Heels durch die Lobby. Ihr stolzer und anmutiger Gang unterstreicht ihre formvollendete Schönheit. Dr. Becker kann seine Augen nicht von ihnen ablassen und beobachtet sie weiter, wie sie am Nebentisch Platz nehmen. Die

dunkelbraun-rötliche Haarfarbe der einen Liebes-
dienerin schimmert und glänzt im Kerzenlicht noch
lebhafter. Ihre Haarfarbe, die nach einem der edels-
ten und wertvollsten Hölzern, Mahagoniholz, benannt ist, scheint nicht willkürlich gewählt worden
zu sein, denn sie spiegelt genau das wider, was diese Venusgestalt verkörpert: Stil, Eleganz, Glamour
und Sinnlichkeit. Ihre kühlen, blauen Augen verlei-
hen ihr zusätzlich etwas Mystisches. Die andere
blonde Schönheit, die ihre Weiblichkeit durch ihr
Äußeres selbstbewusst hervorhebt, scheint eine
Russin zu sein. Sie trägt ein kurzes rotes, luftiges
Dior-Kleid mit passenden schwarzen Pumps. Die
schwarze "Lady Dior" mit dem personalisierten
Trageriemen und dem Schlüsselanhänger aus Me-
tall runden ihren verspielt-verführerischen Look ab.
Mit sanfter, warmherziger aber bestimmender
Stimme und leicht russischem Akzent bestellt sie
eine Flasche Roederer Cristal Rosé von 2009. Zu
diesem geheimnisvollen Trio gehört noch eine
dunkle Amazone mit endlos langen Beinen, wilder
schwarzer Haarmähne und vollen Lippen. Diese
temperamentvolle rassige Schönheit weiß, ebenso
wie ihre Begleiterinnen, wie auch sie ihre Reize zur
Geltung bringt. Sie duftet nach einem betörenden
Parfüm, welches sich in der ganzen Lobby zu ver-
breiten scheint. Dieses "fesselnde Frauengespann"

unterhält sich in englischer Sprache zwanglos und bei der zweiten Flasche dieses edlen Tropfens, scheinen sie sich königlich zu vergnügen. Hans Becker beobachtet sie von seinem Tisch aus und möchte sehr gerne wissen, wer sich solche "Accessoires" gönnt. Seine Neugierde wird schnell befriedigt, denn ein muskulöser Herr leicht fortgeschrittenen Semesters, also ein Mann in den besten Jahren, mit einem quadratischen Gesicht, einer markanten Nase und hohen Wangenknochen geht zielsicher auf die magisch-dämonischen Frauen zu und bezahlt sofort deren Rechnung, ohne selbst etwas zu bestellen. Die aufreizende Eskorte erhebt sich und verschwindet in Richtung der Hotelaufzüge. Hans weiß nicht, ob er den Mann für die nun bevorstehende Beglückung durch diese drei "Femmes fatales" beneiden oder eher bedauern soll. Er widmet sich daher dem Gespräch zweier jüngerer Männer, die hinter ihm an der Bar sitzen. Diese unterhalten sich über die Regierung Italiens. Zu Dr. Beckers Erstaunen loben sie die Regierung unter der Führung des Ex-Ministerpräsidenten Silvio Berlusconi. Anscheinend hat dieser stets dafür gesorgt, dass die meisten Italiener Arbeit gehabt hätten und auch die Steuern und Abgaben habe er vernünftig geregelt. Der weitsichtige und kritische Arzt Hans Becker sieht dies in einem völlig anderen Licht: er ist fest davon überzeugt, dass die Regierung Berlusconi einfach die Augen vor der dramatischen Finanzlage verschlossen und dem Volk die italienische Wirtschaftskrise verleugnet habe. Die beiden Männer lamentieren weiter indem sie hervorheben, dass leider auch die Ministerpräsidenten Mario Monti im Jahr 2012 gefolgt von Matteo Renzi 2013 es nicht geschafft hätten, die finanzielle Lage der Italiener zu verbessern. Ganz im Gegenteil: Sie hätten die wirtschaftliche Situation erheblich verschlechtert, sodass viele Unternehmer wegen der ausweglosen Steuerlast sich für den Selbstmord entschieden hätten. All das ist aber in einigen italienischen Medien kaum beachtet worden. Einzig und allein sei die Rede von einem "stillen Massenmord" unter den Unternehmern gewesen, da diese den Druck der ständig steigenden Schulden wegen der rückwärtsläufigen Auftragslast und der daraus drohenden Arbeitslosigkeit nicht mehr ausgehalten hätten. Gerne würde Hans sich zu den beiden Herren gesellen und mit ihnen über die europäische Wirtschaftskrise, die in Italien bereits unter Silvio Berlusconi ausgebrochen ist und bereits damals viele Menschen aus Angst vor der Zukunft zu dieser Verzweiflungstat, dem Freitod, verleitet hatte, sprechen. Allerdings glaubt er nicht daran, dass seine Worte bei diesen überzeugten Berlusconi Anhängern fruchten würden und so entscheidet er sich, seine zweite Tasse Cappuccino (wohlwissend, dass ein wahrer Italiener nur zum Frühstück oder am Vormittag einen cappuccio bestellt) auszutrinken und das "Foyer" zu verlassen.

Bevor er am folgenden Tag aus Mailand abreist, um nach Bad Ragaz zu seinem Vorstellungsgespräch zu fahren, besucht er seinen Herrenfriseur und Barbier Gianni, der seit über 50 Jahren noch immer mit großer Leidenschaft und viel Engagement sein Handwerk ausübt. Nur eine halbe Gehminute entfernt von diesem altehrwürdigen Herrensalon, in dem Politiker und berühmte Schauspieler sich früher die Klinke in die Hand gegeben haben, diniert Hans Becker in einem stilvollen, authentischen Mailänder Restaurant, welches sich in einem fast 100 Jahre alten Gebäude, nahe dem Palazzo Belgioioso, in zentraler Lage, in der historischen Altstadt, unweit der Scala befindet. Seit vielen Jahren kennt er die Besitzer des eleganten Restaurants "Boeucc" persönlich. Monica Brioschi, die Tochter des 2004 verstorbenen Besitzers Paolo Brioschi, welcher aus dem Boeucc von 1979-2004 in Zusammenarbeit mit seiner Gattin ein Mailänder Spitzenrestaurant gemacht hat und ihr Ehemann Marco Fuzier führen es seit dem Generationswechsel im

Jahr 2012 alleine. Es ist für die beiden nicht leicht gewesen, an die Lebensleistung von Monicas Vaters anzuknüpfen, aber sie haben es mit ihrem Personal geschafft, jeden einzelnen Gast nicht nur in die Welt höchster Kochkunst und Gaumenfreude zu entführen, sondern auch in die gute alte Zeit zurückzuführen, in der gediegener und tadelloser Service allgegenwärtig gewesen ist. So fühlt sich auch Dr. Becker mit den anderen kultivierten und vornehmen Gästen, die an diesem Abend im edlen "Boeucc" speisen, in die vergangene Habsburger Epoche zurückversetzt. Die Kellner tragen einen schwarzen Anzug mit schwarzer Fliege und dekantieren routiniert und fachgerecht die erlesenen Rotweine. Solche beispielhaften Kellner findet man heute leider nur noch sehr selten. Für Monica und Marco steht das Wohl eines jeden Gastes im Vordergrund, sie bemühen sich liebevoll um jeden einzelnen Besucher: ob Stammgast oder nicht, jeder wird persönlich begrüßt und verabschiedet. Auch beaufsichtigen sie stets das Lokal und die Küche. Als es kurz vor Mitternacht etwas ruhiger geworden ist, gesellt sich ein Restaurant- Hotelbesitzer zu Hans und erzählt von den Sorgen und Nöten eines Hoteliers in diesen prekären Zeiten. Dieser spricht von der besorgniserregenden italienischen Wirtschaft und der "Banca d´Italia", welche Monat für

Monat einen neuen Negativreport aufzeige. Weiterhin mache ihm der Ausgang des Referendums Sorge, denn nun herrsche wieder einmal politische Instabilität im Lande und die Verschuldung werde sicherlich ein erneutes Mal in die Höhe steigen. Nach einer Weile leistet auch Monica ihnen Gesellschaft. Sie verrät, dass die Italiener weitaus mehr sparen würden als sonst und dies spüre die Gastronomie gut. An einigen Abenden würden sie nur noch einen ihrer imposanten Speisesäle öffnen. Um das Mittagsgeschäft noch besser anzukurbeln, hätten sie vor einem Jahr beschlossen, den zweiten Speiseraum als Bistrot um zu fungieren. Dort würden sie mit ersichtlichem Erfolg leichtere und kleinere Speisen anbieten. Ihr separater "private Dining" – Raum würde allerdings mittags wie abends für Firmenfeiern zu Weihnachten oder zu privaten Anlässen oft gebucht werden. Aber die Kluft zwischen Reich und Arm sei in den letzten Jahren viel breiter geworden, bemerkt der Hotelier Carlo, er habe fast die gesamte untere und teilweise auch mittlere Mittelschicht, die im Zuge der traumatischen Wirtschaftskrise nach unten gerutscht seien, verloren. Nur noch die obere Mittel- und die Oberschicht seien geblieben. Er würde um seine Zukunft und vor allem um die seiner Kinder bangen und angesichts der noch immer herrschenden Krise würden alle nostalgisch auf die glorreiche finanziell unbedenkliche Vergangenheit zurückblicken. Carlo erwähnt, dass auch heute noch das "Boeucc" dank der unermüdlichen Arbeit und des angeborenen Geschäftssinnes von Monicas Vaters zu den bestplatzierten Restaurants in Mailand gehöre, aber die Zeiten für Hotel- und Restaurantbesitzer hätten sich radikal verändert. Die guten alten Zeiten seien vorbei. Obwohl Italien neben Belgien, Frankreich, Deutschland, Luxemburg und den Niederlanden zu den Gründerstaaten der Europäischen Union zählen würde, würde es ihm schwer fallen an eine bessere europäische Zukunft zu glauben. Man brauche nur mit hellhörigen Augen und scharfen Ohren in Mailands Luxusboutiquen herumstöbern, dann erkenne man die kaufkräftigen Kunden: Chinesen und Araber, die sogar von Verkäuferinnen bedient werden würden, welche die jeweilige Landessprache ihrer Kundschaft sprechen. Beim Stichwort Europa fällt Hans Becker Carlo ins Wort und erzählt davon, dass für ihn die Zeit gekommen sei, zu gehen, d.h. die EU zu verlassen, und er berichtet von seinem Neuanfang in der italienischen oder deutschen Schweiz. Carlos Seufzen ist unüberhörbar; auch er würde liebend gerne mit seinem Hotel in die Schweiz umsiedeln. 10000 neue Migranten von denen 20% eine unsichere Herkunft haben, besiedeln jeden Moment Mailand auf Kosten der italienischen Bürger. Die Kriegs- und Wirtschaftsflüchtlinge werden in alten, unwirtschaftlichen Hotels untergebracht und hängen perspektivlos mehrere Jahre dort fest. Der völlig überforderte italienische Staat überlässt sie ihrem Schicksal und viele rutschen in die geduldete Kriminalität ab. Braucht ein Mailänder eine medizinische Behandlung, so begibt er sich in ein privat geführtes Krankenhaus (eine sogenannte casa di cura privata) und bezahlt die Kosten aus eigener Tasche oder er wartet mehrere Monate auf einen Termin. In den öffentlichen Kliniken herrschen mittlerweile himmelschreiende Zustände und die Situation droht zu explodieren: die Zuwanderer überfluten die hoffnungslos überlasteten Kliniken und die Einheimischen müssen sich bis zu 14 Stunden in der Notaufnahme in Geduld üben.

Gegen 2 Uhr morgens nimmt Dr. Becker Abschied von Monica, ihrem Mann und Carlo. Marco bemerkt, in sieben Stunden sei er wieder im Lokal, denn seine treue Mannschaft würde jeden Morgen um 9:30 Uhr mit ihm gemeinsam putzen, während Monica sich um die Warenbestellungen kümmere und die Reservierungen durcharbeiten würde. Beide beklagen die unumstrittene Tatsache, dass sie viel zu wenig Zeit für ihren neun Jahre alten Sohn, Paolo, und ihre sieben Jahre alte Tochter, Rebecca, hätten und sie seien sehr froh, dass Monicas Mutter in ihrer Abwesenheit die beiden Kinder fürsorglich und herzlich betreuen würde Nur zweimal im Jahr würden sie ihr Restaurant schließen: nach dem Abendgeschäft am 23. Dezember für ungefähr 10 Tage, um mit den Kindern gemeinsam in den Winterurlaub nach Südtirol zu fahren und den ganzen Monat August über würden die Türen des "Boeuccs" verschlossen bleiben. Sie hätten den August gewählt, da dieser in Mailand der ruhigste Monat sei und als toter Monat gelte: fast alles (Geschäfte, Firmen, Büros, Praxen…) habe wegen der Sommerferien geschlossen, der Umsatz liege fast bei null, denn die Mailänder, ihre Haupteinnahmequelle, würden den "Ferragosto" (Maria Himmelfahrt) ausgiebig feiern und verbrächten diese Zeit in der Versilia, der Küstenlandschaft in der nordwestlichen Toskana, an der Amalfiküste, in Sizilien oder in Sardinien. Das ausgestorbene Mailand zeige in diesem Sommermonat sein fast gespenstisches Gesicht: die schwülwarme Luft stehe, die Sonne strahle unbarmherzig vom blauen Himmel und auch sie würden vor der unerträglichen Hitze in der Hauptstadt der Region Lombardei ans Meer flüchten.

Nach einem ausgiebigen Frühstück am folgenden Morgen verlässt Dr. Hans Becker Mailand. Seine Autobahnfahrt führt an Como, Lugano und Bellinzona vorbei Richtung San-Bernardino-Tunnel. Nach einer flotten dreistündigen Fahrt befindet er sich in der Hauptstadt des Kantons Graubünden. Chur liegt gerade einmal 20 Autominuten von Bad Ragaz entfernt. Dr. Becker beschließt spontan, sich die älteste Stadt der Schweiz mit angeblich mediterranem Flair näher anzuschauen. Sie liegt malerisch inmitten einer majestätischen Bergwelt und die verkehrsberuhigte Altstadt mit ihrer interessanten Kathedrale aus dem 13. Jahrhundert entfaltet ihren ganzen Charme in den verwinkelten Gassen mit ihren gepflasterten Wegen. Aus einigen kleinen Brunnen fließt im Frühling, im Sommer und im Herbst frisches Quellwasser. Diese Alpenstadt bietet ihren Bewohnern sicherlich eine hohe Lebensqualität, aber irgendwie vermisst Hans die mediterrane Seele, die er noch im Kanton Tessin spüren konnte. Chur strahlt zwar wie Lugano urbanes Lebensgefühl aus, aber der Kanton Graubünden zeichnet sich im Gegensatz zum Ticino, wo eher die klassische italienische Architektur dominiert und man das Gefühl vermittelt bekommt, bereits Italien erreicht zu haben, durch mehr ländlichen Charme oder eine modernere, geradlinigere, puristischere

Architektur aus. Während auf den ersten Blick eine einladende Kühle unter den Ostschweizern herrscht, stehen die lebensfrohen und offenherzigen Tessiner den warmherzigen Italienern sicher näher als ihren Schweizer Landsleuten. Aber wo lebt und arbeitet es sich auf den zweiten Blick besser?

Auf diese Frage hat Dr. Becker momentan noch keine eindeutige Antwort. Er sieht nämlich immer noch das Tessin vergangener Zeiten und sein Herz schlägt für dieses „alte" Ticino. Aber ein Gespräch mit Dr. Tobias Trümlig, einem pensionierten Schweizer Allgemeinmediziner, den er per Zufall vor einer Woche im Café Porto in Lugano kennengelernt hat, lässt ihn nicht mehr los. Dr. Trümlig legte ihm die nackte Wahrheit schonungslos offen und erzählte mit großem Bedauern, dass Chiasso aufgrund der massenhaften rechtswidrigen Aufenthalter an der Schweizer Südgrenze, bereits inoffiziell verloren sei. Obwohl die Tessiner Kantonspolizei unermüdlich jeden Zug nach illegalen Flüchtlingen durchkämpfe und durchsuche, sei der Kampf auf lange Sicht verloren. Auch steige in Lugano die Kriminalitätsrate an, aber so schlimm wie in Genf sei es noch nicht. Laut eines Artikels des St. Gallers Tagblattes vom Dezember 2016 belege die Stadt im südwestlichen Zipfel der französischen

Schweiz den ruhmlosen ersten Platz beim nächtlichen Verkehrslärm und den Einbruchsdiebstählen. Die Genfer sähen ihre Stadt leider längst nicht mehr als „Stadt des Friedens" an. Im Tessin und auch in Genf habe die heile Welt Risse bekommen. Dr. Trümlig gibt weiter zu, die Tessiner Presse bemühe sich sehr die Öffentlichkeit nicht zu beunruhigen, um den Tourismus in dieser atemberaubenden Ferienregion nicht zu gefährden. Da seine Frau eine gebürtige Luganerin sei, würde sie über Insiderwissen verfügen und ihm werde ganz trümlig (schwindelig) beim Gedanken an die Zukunft. Weiterhin gibt er vor allem den Nachbarländern die Schuld an der Verschlechterung der Lebensqualität und der wirtschaftlichen Lage in der Schweiz, denn die europäischen Nachbarstaaten hätten fatale politische und wirtschaftliche Fehlentscheidungen getroffen und diese hätten auch einen Einfluss auf die Schweiz: um zum Beispiel, den Zugang zum Binnenmarkt nicht zu verlieren, habe die Schweiz leider klein beigeben müssen und sehe sich nun auch noch mit der Flüchtlingsproblematik konfrontiert. Die Tatsache, dass es sich in der Schweiz immer noch besser als in der Euro-Zone leben würde, steht für Tobias Trümlig außer Frage, nichtsdestotrotz seien die gesellschaftlichen, wirtschaftlichen und sozialen Probleme auch hier allgegenwärtig. Dr.

Becker schenkte den Worten seines Kollegen anfangs keine so hohe Aufmerksamkeit, aber sie haben sein Unterbewusstsein anscheinend dennoch beschäftigt, denn Hans denkt in Chur pausenlos an Dr. Trümlig und an Werner Rudis Worte vom Anstieg der Kriminalität in Zürich und in Genf.

Nach dem Besuch der Churer Innen- und Altstadt steigt Hans Becker, wie gewohnt, im Grand Hotel Hof Ragaz, einem Luxushotel mit Geschichte, ab. Beim Betreten seiner bildschönen Suite mit Blick auf den malerischen Park erwartet ihn die Etagen-Gouvernante Frau Miriam Bless mit einem kleinen Paket und einem Brief: Hans Becker ließ bei seinem letzten Aufenthalt eines seiner Unterhemden liegen. Das achtsame Zimmermädchen Xhemile Ismajli fand es und übergab es der Hauswirtschaftsleiterin zur Aufbewahrung im hoteleigenen Fundbüro. Gewaschen und sorgfältig gebügelt, befindet sich der gefundene Gegenstand nun wieder in den Händen seines Besitzers. Dr. Becker, der dieses Unterhemd nicht einmal vermisste, ist überwältigt von diesem einmaligen und wirklich unvergleichlichen Gästeservice. Bevor er morgen Nachmittag sein wichtiges Vorstellungsgespräch im Medizinischen Zentrum hat, stärkt er sich im wunderbaren Wellnessbereich und überblickt nochmals ausführlich seine Unterlagen.

Nun ist der alles entscheidende Tag gekommen. Er wird seine potentiellen Kollegen kennenlernen. Wird er überzeugen können? Wird er in das Konzept hineinpassen und das Team sinnvoll ergänzen können? Wird seine Bewerbung ein Gewinn für seine Zukunft sein? Wie wird er sich im Falle einer positiven Rückmeldung entscheiden? Wird er bei einer negativen Antwort sofort wieder ins Tessin reisen und dem beauftragten Makler grünes Licht für seine eigene Praxis in dem reservierten Objekt geben? Oder wird er doch die Ostschweiz für seine berufliche und private Zukunft auswählen und sich eine eigene Praxis aussuchen oder das Angebot seines Freundes, Dr. Werner Rudi Löhle, annehmen? Tausend existentielle Fragen schießen Hans Becker in diesem Moment durch den Kopf und er scheint langsam, nervös zu werden. Eine innere Anspannung und leichte Erregung steigen in ihm hoch. Er fühlt sich zurückversetzt in seine Examenszeit an der Universität. Damals wie heute verspürt er das Bedürfnis nicht nur zu bestehen, sondern das Beste aus sich herauszuholen und zu glänzen. Wenn seine Auffassung von Dermatologie und Ästhetik nicht zu der seiner Kollegen passen sollte, wäre dies für ihn nicht schlimm. Ein oberflächliches oder gar unprofessionelles Bewerbungsgespräch seinerseits könnte er weder verkraften, noch würde er sich dies verzeihen. Er möchte fachlich punkten, vor allem auch auf dem Gebiet der ästhetischen Medizin, mit dem er sich in den letzten beiden Monaten intensiv beschäftigt und durch Fachzeitschriften weitergebildet hat. Auch kontaktierte er einen befreundeten Schönheitschirurgen und tauschte sich mit ihm über die neuesten Forschungen auf diesem Gebiet aus. Es gilt nun, langsam und tief durch die Nase einzuatmen, die Luft einige Sekunden anzuhalten, um diese anschließend wieder intensiv durch den Mund ausströmen zu lassen. Solche Atemübungen machte er zuletzt in seiner Studienzeit. Damals genauso wie heute kontrolliert sich die Atmung relativ schnell und Beruhigung stellt sich ein. Er ist nun bereit, sich vorzustellen und seine Ideen preiszugeben. Das Gespräch dauert fast zwei Stunden und Dr. Becker geht mit einem zufriedenen Gefühl zurück ins Hotel. Der ärztliche Direktor des Medizinischen Zentrums hat ihm versprochen sich in spätestens zwei Tagen bei ihm zu melden und ihm persönlich die Entscheidung, welche von ihm und den zwei Ärzten aus der medizinisch dermatologischen und ästhetischen Abteilung getroffen werden wird, mitzuteilen.

In den folgenden Tagen denkt Dr. Becker pausenlos über seine berufliche Zukunft nach: was wäre, wenn er hier eine Zusage bekäme? Wie würde er mit einer Absage umgehen? Soll er doch den Tessiner Makler jetzt bereits anrufen und sich vergewissern, ob dieser ihm das reservierte Objekt auch tatsächlich freigehalten hat? Diese Fragen quälen ihn, weil er momentan in einer schwer erträglichen Ungewissheit lebt. Um sich etwas abzulenken, fährt er ins nahegelegene Flims im Kanton Graubünden.

Diesen Kanton, der als Heimat der Steinböcke, der 1000 Berge und 150 Täler gilt, kennt Hans gut, da er in den vergangenen fünf Jahren mit Werner im mondänen St. Moritz, in der eher gemütlichen Lenzerheide und in Arosa einige Wanderwochenenden verbracht hat. In Flims ist er aber vor über 15 Jahren zum letzten Mal gewesen und er nimmt die zahlreichen Veränderungen, welche das einst so urige Bergdörfchen erfahren hat mit einem tiefen Seufzer auf. Was ist bloß aus den stolzen Bündern geworden, die früher hier in gemütlichen traditionellen Holzhäusern gelebt haben? Er erkennt Flims fast nicht wieder. Verzweifelt sucht er nach dem natürlichen Charme des kleinen Gebirgsortes von früher und blickt auf mehrere graue, unpersönliche Betonbauten und auf das im kommenden Jahr fertiggestellte Stenna Projekt. Dr. Becker kann seinen Blick kaum von diesen absolut ausdruckslosen, nüchternen horizontalen Platten, die doch harmonische Ästhetik vermitteln sollen, lassen. Wo sind seine urgemütlichen Almhütten geblieben? Sie sind wohl das Opfer einer unbarmherzigen Abrissmaschine geworden. Hans Becker möchte in Flims Dorf nicht länger bleiben und geht in Richtung Flims Waldhaus. Er hofft, in dem prächtigen Traditionshotel, das ursprüngliche Ambiente wiederzufinden. Bereits beim Betreten der Lobby stellt sich Ernüchterung ein. Hans vermisst bitterlich den Charme und die gelebte, glorreiche Vergangenheit dieses ehrwürdigen Nobelhotels. Was ist passiert? Wo sind die alten Hoteltüren und das antike Mobiliar? Er begibt sich zum Empfang, aber niemand scheint sich hier für ihn zu interessieren. Die Angestellten sind mit sich selbst beschäftigt und ignorieren ihn. Auf einmal vernimmt er einen starken Parfümduft gefolgt von einem lautstarken Auftreten, welches alle Anstandsregeln missachtet und er erspäht osteuropäische Gäste. Eine russische Großfamilie mit rüpelhaftem Benehmen wird vom Chauffeur an die Rezeption begleitet und sofort von der Empfangsdame begrüßt. Das scheint die gewünschte Klientel von heute zu sein. Die Neureichen haben die Altreichen hier verdrängt. Später findet Hans Becker heraus, dass das geschichtsträchtige 5 Sterne Hotel, welches Konkurs hat anmelden müssen, von einer amerikanischen Investorengruppe im Jahre 2015 übernommen und 2016 komplett saniert und renoviert wurde. Natürlich bieten jetzt alle Zimmer, Suiten und die weiteren Einrichtungen, wie zum Beispiel das Spa und das Hallenbad wieder höchsten modernen und technischen Komfort. Obwohl die Investoren versucht haben, den historischen Charakter zu bewahren, ist ihnen dies leider nur mit den Außenfassaden und im Park gelungen, wo sie nichts verändert haben. Innen herrschen eisige Kühle und dunkle Schatten. Die traditionsreiche Hotellegende ist sonnenlos und leider auch leidenschaftslos geworden. Hans Becker wünscht der einstigen Nobelherberge, dass sie irgendwann in der Zukunft ihr jetziges Schattendasein in ein sonniges umwandeln kann. Er verzichtet daher dort zu essen und fährt wieder ins Grand Resort Bad Ragaz zurück. Dort spürt er immer wieder aufs Neue den erstklassigen Service der Mitarbeiter, welche die Wünsche der Gäste quasi von den Augen ablesen.

Am darauffolgenden Tag würde Dr. Becker sehr gerne eine Bergwanderung machen, aber das graue, neblige, trübe und bitterkalte Wetter erlaubt es ihm nicht, denn er möchte wegen dieser schwierigen Wetterbedingungen kein Risiko eingehen. So spaziert er lediglich im gepflegten Kurpark der Grand Hotels und bekommt bereits dort den eisigen Wind, der immer stärker zu werden scheint, zu spüren. Hans Becker vermutet, dass diese Wetterlage ein Vorbote, ein Zeichen, für die Entscheidung des ärztlichen Direktors sein könnte und glaubt eine abschlägige Antwort zu bekommen. Er grübelt weiter über die Gestaltung seines zukünftigen Lebens in der Schweiz nach. Er überlegt hin und her, wo und wie seine neue berufliche Zukunft aussehen könnte. Mehrmals wägt er die Vor- und Nachteile einer eigenen Praxis im Tessin ab. Auch beschäftigt er sich intensiv mit dem Gedanken, sich in der Ostschweiz geeignete Praxisräume anzuschauen. Allerdings kommt er zu keinem endgültigen Entschluss, denn er wartet gespannt und ungeduldig auf den verspäteten Anruf des ärztlichen Direktors. Mit einer Zu- oder Absage wird es ihm leichter fallen, zu einem klaren Ergebnis zu kommen. Für Hans Becker scheint der ersehnte, überfällige, Anruf ewig lang zu dauern: er starrt mehrmals auf sein Telefon, als sei dieses der Überbringer einer himmelhochjauchzenden oder einer zu Tode betrübten Nachricht. Er versteht seine momentane Gefühls- und Gedankenlage selbst nicht mehr. Nur noch die Entscheidung des Medizinischen Zentrums kann ihn aus den subjektiven Emotionen retten und ihm Erlösung bringen. Er muss sich allerdings weiter in Geduld üben, denn die befreiende Wirkung des Klingelzeichens zögert sich hinaus. So entscheidet er sich, den Spaziergang durch den Kurpark, welcher auch in der Winterzeit von den unermüdlichen Greenkeepern des Resorts gehegt und gepflegt wird, zu beenden und den traumhaften Wellnessbereich zu besuchen, um Ablenkung durch die Kraft des Wassers zu erfahren. Bereits der Arzt, Paracelsus, hat im 16. Jahrhundert die beachtlich heilende Kraft des Ragazers Thermalwassers mit seinen gesundheitsfördernden Merkmalen belegt.

Im Hotel zurückgekehrt, wechselt er zunächst ein paar Worte mit dem Concierge, Herrn Mampasi, der seinen Beruf mit Herzblut lebt. Der Generalmanager, welcher sich in der Nähe des Empfangs aufhält, scheint Hans Beckers unruhige Stimmung zu spüren und lädt ihn spontan in die Bar ein. Herrn Zanolari scheint es für kurze Zeit zu gelingen, Dr. Becker auf andere Gedanken zu bringen. Beide plaudern ungezwungen über ihr bisheriges Leben und Hans erfährt, dass der neue Generalmanager nicht nur den sehr hohen Standard, der sein Vorgänger, Thomas Bechthold, erreicht hat, aufrechterhalten, sondern mit neuen Visionen auf eine weitere Stufe heben will. So liegt es ihm besonders am Herzen, ein wahres drei Generationen Paradies zu gestalten. Weiterhin möchte er den Gast, der für ihn immer im Mittelpunkt stehen muss, mit kleinen Gesten und besonderen Aufmerksamkeiten überraschen, sodass sich dieser wie zu Hause fühlen kann. In diesem Sinn ist ihm der direkte Kontakt zu seinen Gästen von allergrößter Wichtigkeit. Da er aufgrund seiner facettenreichen Arbeitsfelder und der Vielzahl an Gästen nicht mit jedem Gast persönlich in Kontakt treten kann, zählt er auf seine treuen und motivierten Mitarbeiter. Hans Becker ist überzeugt davon, dass <u>Herr Zanolari,</u> der seinen Beruf mit Liebe, Leidenschaft und Weitsicht ausübt, ein Schlaraffenland für die kleinen und großen Kinder erschaffen wird. Des Weiteren möchte der neue engagierte Generalmanager den Bekanntheitsgrad und den Erfolg des Medizinischen Zentrums sowie der <u>Clinic Bad Ragaz</u> steigern, damit jeder in Zukunft über die Möglichkeit der Kombination eines luxuriösen Hotelaufenthalts mit facettenreichen Gesundheits-Checkups, zahnmedizinischen Checks, Schlafdiagnostik, traditioneller chinesischer Medizin und vielen weiteren individuellen Gesundheitsprogrammen Bescheid weiß. Leider muss sich der Generalmanager von Dr. Becker verabschieden, da er ein wichtiges Meeting hat. Aber er überlässt

Hans Becker dem Pianisten, <u>Herrn Peter Koszak</u>, der um 15:30 Uhr die Gäste mit zauberhaften Melodien verzaubern wird. So verweilt Hans weiter vor dem lodernden Kaminfeuer, erhält die letzte Flasche des edlen Hausbiers aus der Winteredition mit der Sud-Nr. 580 und hört dem Teekonzert bis zum Ende entspannt zu. Leider verspürt er nach einer Weile wieder einen erhöhten Stresspegel, da er immer noch sehnlichst auf den entscheidenden Anruf hofft.

Bevor er in den Fahrstuhl steigt, um sich in sein Zimmer zu begeben, klingelt endlich sein Handy. Vor Aufregung betätigt er die falsche Taste und drückt so ungewollt den Anrufer weg. Völlig niedergeschlagen vor Verzweiflung versucht er herauszufinden, wer wohl der Anrufer gewesen sein mag und hört erneut den sehnlichst erhofften Klingelton. Mit zitternder Stimme stammelt er ins Mikrofon: " Hallo, Hallo, hier spricht Dr. Hansi Becker. Ach so, du bist es nur, jaja können wir spontan machen. Bis später. Doch geht in Ordnung." Sein langjähriger Freund hat ihn zu einem gemeinsamen Abendessen im asiatischen Restaurant "Namun" eingeladen. Dieses mit 13 Gault Millau ausgezeichneten Punkten ist ein hervorragendes Feinschmeckerlokal im Grand Hotel Hof Ragaz und begeistert seine Gäste durch eine auf dem klassischen Stil aufbauende kreative Küche. Werner Rudi spürt Hans´ Ruhelosigkeit und spricht seinen Freund auch auf dessen aufgelösten Zustand am Telefon an. Während Dr. Becker ganz offen über seine seelische Verfassung spricht, vernimmt er das Vibriersignal seines Handys in seiner Hosentasche und verlässt kurz das Restaurant, um den Anruf entgegenzunehmen. Dieses Mal ist es der ärztliche Direktor, der ihn gerne im dermatologischen und vorwiegend auch im ästhetischen Team begrüßen würde. Freudestrahlend, seine Augen haben jeglichen Trübsinn verloren, kehrt er zu seinem Tisch zurück und erzählt seinem Freund, er werde morgen seinen Vertrag als Facharzt im Dermatologie und Laser Zentrum des Medizinischen Zentrums unterschreiben und sich zunächst einmal für fünf Jahre dort engagieren. Dr. Becker fühlt sich dank dieser Mitteilung wie neugeboren. Die Last, eine neue Praxis zu gründen, ist ihm genommen worden. Er kann sich nun auf sein neues Leben in der Schweiz konzentrieren. Gleich morgen früh werde ich einen Makler beauftragen mir eine Wohnung hier in der Nähe zu suchen und dann sei er endlich angekommen und könne sich wirklich zuhause fühlen, meint Hans und ergötzt sich nun endlich an der Sushi-Show im Restaurant: Ireneo Lara, ein wahrer japanischer Sushi-Meister, bereitet vor den staunenden Augen der Gäste seine einmaligen Sushi-Kreationen mit flinken Fingern, kontrollierten Handbewegungen und punktgenauem Filetieren der Fische kunstvoll vor. Auch Dr. Löhle freut sich über Hansis Entscheidung und beide schmieden gemeinsame Pläne für zahlreiche Wanderungen, Skiausflüge und Restaurantbesuche in naher Zukunft.

Dr. Löhle hebt besonders die einstündige Wanderung zum Alten Bad Pfäfers entlang der wilden und urwüchsigen Tamina und deren mystischen Eingang zur engen Quellschlucht mit anschließendem Besuch des Alten Bad Pfäfers, dem einzigen erhaltenen Barockbad der Schweiz, welches Mitte/Ende April wieder seine Tore öffnen wird, hervor. Hans kennt die Geschichte des Alten Bad Pfäfers. Diese beginnt 1240 und gipfelt in der beispiellosen Blütezeit, die das Bad im 19. Jahrhundert erlebt. Ein Audiowalk entführt den heutigen Gast in 45 Minuten in diese glanzvolle Vergangenheit. Obwohl Dr. Becker, vor allem aber Dr. Löhle, über die faszinierende, jahrhundertealte Badekultur lasen, werden sie beide dennoch eine fachkundige Führung buchen, um auch die letzten Geheimnisse zu erfahren. Zum Areal des Alten Bad Pfäfers gehören weiterhin eine Mediathek, historische Museen, die Paracelsus-Gedenkstätte, eine neugotische Kapelle, die restaurierte alte Küche, ein Restaurant und ein Selbstbedienungskiosk. Auch werden Räume für Ausstellungen, Konzerte, Veranstaltungen aller Art und für feierliche Anlässe mit passender Infrastruktur und Kulinarik zur Verfügung gestellt.

Als Dr. Becker am darauffolgenden Tag seinen Arbeitsvertrag unterzeichnet, erwähnt sein neuer Chef, dass er sehr an dem im Bewerbungsgespräch erwähnten Coolsculpting-System von Zeltiq interessiert sei. Nachdem er die unzähligen weltweit wissenschaftlich belegten äußerst positiven Ergebnisse durchgelesen habe, sei er sehr von dieser Methode der Fettreduktion und Körperformung angetan gewesen. Er werde, sobald es ihm seine Zeit erlaube, Kontakt mit Zeltiq aufnehmen. Das in den USA entwickelte bahnbrechende nichtinvasive medizinische Verfahren, welches hartnäckiges Fettgewebe und auch störende und vor allem unerwünschte Fettdepots an bestimmten Körperregionen (Kinn, Oberarme, Taille, Bauch, Oberschenkelinnenseiten und -außenseiten, Hüfte, Knie) einfach wegfriert, sei hoch interessant für den dermatologisch-ästhetischen Fachbereich und das Medizinische Zentrum. Er sei sehr begeistert von einem Zeltiq Originalgerät mit den vielfältigen Kühlaufsätzen für die verschiedenen Körperregionen. Hans Becker freut sich, dass seine eigenen Recherchen auf dem Gebiet der nichtinvasiven Schönheitschirurgie einen solch großen Anreiz erzielen konnten und versichert seinem neuen Arbeitgeber, er werde sich weiterhin mit den neuen Trends von morgen auf dem Markt der kosmetischen "Chirurgie" kritisch auseinandersetzen. In diesem Zusammenhang weist er auf das Fadenlifting mit den innovativen „Silhouette Soft" Fäden hin. Dieses sich auflösende Nahtmaterial ist eine in den USA entwickelte technische Neuheit, die jedem Patienten die Möglichkeit liefert, ohne chirurgischen Eingriff, die Zeichen der Hautalterung zeitweise zu bekämpfen. Der Patient merkt sofort nach der Behandlung eine Verjüngung und Straffung seiner Gesichtshaut, die zudem in neuem Glanz erstrahlen soll. Da die resorbierenden Fäden, die in den USA hergestellt werden, bis zu 24 Monate Bestand haben, müssen sie genauso wie Botox Injektionen immer wieder aktualisiert werden, um ein dauerhaftes Resultat zu erhalten.

Dr. Becker blüht mit seinem neuen Aufgabengebiet auf: in den folgenden Wochen arbeitet er in seiner Freizeit akribisch alle Fachzeitschriften der nicht operativen ästhetischen Chirurgie durch. Er nimmt an der vom 6. bis zum 8. April 2017 im Grimaldi Forum organisierten AMWC (Aesthetic & Anti-aging Medicine World Congress) im mondänen Monaco teil. Seit fünfzehn Jahren zieht diese Tagung Experten aus aller Welt in den Fürstenstaat, die über die neuesten Entwicklungen und Errungenschaften aus Amerika und Behandlungsansätze aus Asien und Europa zum Thema Anti-Aging Medizin diskutieren und gemeinsam ihre Erfahrungen austauschen. Hans Becker ist felsenfest vom schweizerischen Boom auf dem Markt für nicht operative ästhetische Eingriffe überzeugt. Obwohl die Schweizer nach außen hin eher als konservativ gelten, legen sie sich nach den operationsfreudigen Brasilianern als zweithäufigste Nation unters Messer. Die Amerikaner belegen Platz drei unter den chirurgischen Eingriffen. Zudem verdoppelt sich die Zahl der männlichen Patienten in der Schweiz. Auch sie haben die überaus wichtige Rolle der Schönheit im Leben erkannt und zögern nicht, sich ihre Augenlider korrigieren, um dynamischer und frischer auszusehen oder ihre Nase optimieren, zu lassen. Zudem sind Fettabsaugungen sehr beliebt unter erfolgreichen Männern, weil sie wegen ihrer Karriere kaum Zeit für Sport haben. Da sich vor allem die Schönheitsmediziner in der italienischen und westlichen Schweiz niedergelassen haben, sieht Dr. Becker in der Ostschweiz einen hervorragenden und florierenden Standort. Seiner Meinung nach wird Bad Ragaz bald eine weltweit nicht zu unterschätzende Rolle auf dem Gebiet der (nicht) invasiven Schönheitschirurgie in der östlichen Schweiz spielen. Vor allem das 2016 eröffnete <u>Laserzentrum im Medizinischen Zentrum des Grand Resort Bad Ragaz</u>, in dem Hans Becker mitarbeitet, bietet hervorragende Laser-Behandlungen. Obwohl nur 72 km entfernt in Rorschach, dem malerischen Ort in der südlichen Bodenseebucht am Obersee, die berühmte und hoch technisierte schweizerische Mangklinik liegt, scheint diese keine Konkurrenz zu sein, da dort nur noch an bestimmten Tagen im Monat „kosmetische Schönheitsoperationen auf höchstem medizinischen und ethischen Niveau durchgeführt" werden. Überall wo Hans Becker hinkommt versprüht er Motivation und gute Laune. Er glüht vor Arbeitseifer, spürt wieder den Ehrgeiz, etwas Neues zu lernen, blüht in seinem neuen Arbeitsfeld auf und merkt alltäglich wieviel Spaß er wieder an seinem Beruf hat. Er hat gesunde und geregelte Arbeitszeiten von montags bis freitags, behandelt Patienten mit dermatologischen Krankheiten, berät über ästhetische Behandlungen, welche im Moment noch verstärkt von seinen beiden Kollegen ausgeführt werden, da Hans Becker sich für einige Kurse in der "Mang-Schule" angemeldet hat und er erst nach deren Abschluss mit gutem Gewissen seine Patienten optimal wird behandeln können.

Der weltweit bekannte und berühmte Schönheitschirurg Prof. Dr. Dr. Werner Mang, dessen Vorbild, Freund und Mentor, der leider im Alter von 93 Jahren im August 2016 verstorbene Brasilianer Prof. Ivo Pitanguy, einer der Pioniere der Schönheitschirurgie, gewesen ist, ist ein Verfechter der natürlichen Schönheit. Die "Mang-Schule" ist eine hervorragende Ausbildungsklinik mit Hörsaal. Dieser befindet sich im Untergeschoss der größten und besten europäischen Schönheitsklinik, der privaten Bodenseeklinik von Prof. Mang in Lindau. Prof. Werner Mang betont, dass alle „Ärzte nach demselben Handlungsprinzip" vorgehen: „mit der Mang – Schule sprechen wir von einer Philosophie, die besondere Ansprüche der Schönheitschirurgie und der ästhetischen Medizin an das Wohlbefinden und die Gesundheit unserer Patienten knüpft. Dies bewahrt die Gesundheit und die Natürlichkeit unserer Patienten". Genauso wie Dr. Becker verteidigt auch Prof. Mang das natürliche Aussehen und „den sanften Weg zur Schönheit"; unter keinen Umständen soll und darf das korrigierte Areal operiert aus-

sehen, denn es soll sich harmonisch in das Gesamt-
bild der Physiognomie des Menschen einfügen.
Harmonie und Natürlichkeit gelten nach Prof.
Mangs Auffassung der Schönheitschirurgie als
oberstes Gebot, damit sich die Patienten nach einer
OP wieder glücklich in ihrer Haut fühlen und zufrieden mit ihrem Körper sind. Weitere Gemeinsamkeiten zwischen Prof. Mang und Dr. Becker
sind die kategorische Ablehnung einer unverant-
wortlichen Operation, wie zum Beispiel eine Rip-
pen- oder Fußknochenentfernung, die Zurückwei-
sung von zu jungen oder von mehrmals aufgepols-
terten Patienten, die Verneinung von Schlauchboot-
lippen und puppenartigen Gesichtern. Beide weisen
auf die Grenzen des Machbaren und des für sie moralisch Vertretbaren hin. Sie vergessen oder verlet-
zen nie ihren geleisteten hippokratischen Eid. Ihr
oberstes Ziel ist die Menschlichkeit, der sie sich
verpflichtet fühlen und ihr gemeinsames Motto lautet: weniger ist mehr. Bevor Dr. Becker sich zu den
überaus interessanten und lehrreichen Kursen in die
Bodenseeklinik, eine der führenden europäischen
Kliniken auf dem Gebiet der ästhetischen, plastischen invasiven und nicht invasiven Chirurgie
aufmacht, bleibt ihm noch das Wochenende, welches er vor allem mit seinem Freund Werner Rudi
in den Bergen verbringen möchte. Beide haben eine

ausgiebige, aber eher leichte Skitour in der Region Ostschweiz/Liechtenstein geplant. Morgen früh soll es losgehen. Traumhaftes Wetter begrüßt sie am folgenden Morgen bereits im Tal. Sie können es kaum erwarten, sich die Skier anzuschnallen. Was für ein herrlicher Aufstieg bei diesem Sonnenschein, bemerkt Hans und bereut keineswegs, Deutschland verlassen zu haben. Ja, so lasse es sich leben, fügt Dr. Löhle hinzu und beide setzen ihren Weg fort.

Der Schönberg mit seinen 2104 Metern im Herzen der Liechtensteiner Alpen macht wahrhaftig seinem Namen alle Ehre: Hans Becker und Werner Rudi Löhle bewundern die Schönheit der Berge. Eine Postkartenlandschaft tut sich vor ihren strahlenden Augen auf. Oben angelangt, genießen beide dieses atemberaubende Bergpanorama bei einem gemütlichen Einkehrschwung bevor sie die Abfahrt im Tiefschnee in Angriff nehmen. Hans erzählt seinem Freund weiterhin von seiner Zukunft in Bad Ragaz: „Ich habe die einmalige Gelegenheit im Grand Resort Bad Ragaz nicht nur zu arbeiten, sondern auch zu wohnen, sofort ergriffen. Der Generalmanager hat mir von der Möglichkeit eines Zuhauses auf Zeit erzählt und ich habe sofort zugesagt. Ich werde für fünf Jahre in Europas führendem Wellbeing &

Medical Health Resort Wohnen und Arbeiten miteinander in Einklang bringen. Meine neue Wohnung wird nach meinen Ideen gestaltet und nach meinen eigenen Wünschen eingerichtet. Zu diesem Wohnkonzept gehören weitere Annehmlichkeiten, wie zum Beispiel Frühstücksbuffet, Butler, Garagenstellplatz und Limousinenservice. Auch kann ich jeden Tag vor Arbeitsbeginn Kraft und Energie im Sportbad des Wellbeing & Thermal Spa tanken. Nach meiner Arbeit bietet das Helenabad die perfekte Oase der Erholung und Entspannung". Auch Werner Rudi begrüßt dieses Konzept von Leben und Arbeiten "unter einem Dach".

Am Abend macht Hans eine leckere, frisch zubereitete mediterrane Gemüsepasta für Werner und sich selbst und bedankt sich bei seinem Freund für diesen fantastischen Ausflug, für die Anregung "zu gehen" und die Unterstützung, die er ihm bei seinem Entschluss, ein neues Leben zu beginnen, gegeben habe. Es sei die einzig richtige Entscheidung gewesen, die er in letzter Zeit getroffen habe. Endlich habe jeder Tag für ihn ein Gesicht und der Atem fließe wieder frei in seinem Körper. Er fühle sich in sich zuhause, täglich aufs Neue wohl und ausgeglichen. Er habe Frieden mit sich selbst geschlossen und stelle sogar fest, bereits nach wenigen Monaten eher wie ein Schweizer als ein Deutscher zu denken und zu fühlen. Auch könne er sich gut vorstellen, einmal die Einbürgerung zu beantragen, um auch zu dem Bergvolk gehören zu dürfen.

Am kommenden Montag fährt er in der Frühe von Bad Ragaz nach Lindau. Nach einer einstündigen Autobahnfahrt betritt er zum ersten Mal die weltweit berühmte Bodenseeklinik. Prof. Mang hat sich hier vor über 25 Jahren seinen Traum einer eigenen Privatklinik am Bodensee erfüllt. Heute kann er nicht nur stolz sein auf eine der traditionsreichsten Fachkliniken für ästhetische Chirurgie in Europa, auf seine Mangklinik swiss in der Gemeinde Rorschacherberg, welche sich fast gegenüber der Bodenseeklinik Lindau befindet, sondern auch bald auf seine psychosomatische Klinik auf Schloss Altenburg in Feldkirchen-Westerham. Dr. Becker freut sich sehr, endlich Deutschlands bekanntesten Schönheitschirurgen, den medizinischen Visionär und selbst ernannten Nasen-Papst, Werner Mang persönlich kennenzulernen und von ihm zu lernen. Wie erwartet, glänzt der Professor mit einem phänomenal ausgeprägten Fachwissen und einem unendlich breitgefächerten Allgemeinwissen. Dr. Hans Becker ist von diesem dynamischen, humorvollen, sympathischen, menschlichen Mann, einem echten Altruisten, begeistert. Er hat im Vorfeld viele positive und auch einige negative Artikel über den Professor gelesen und ist sehr neugierig auf den wahren Mang gewesen.

Nach der Schulung, die sich über mehrere Tage vollzogen hat, und nach gemeinsamen Gesprächen kann er nur ein Urteil fällen: ein brutal ehrlicher, brillanter Mediziner mit einer unvergleichlichen, bewunderungswürdigen Karriere, ein großartiger und charismatischer Mensch, eine eindrucksvolle, einzigartige, facettenreiche Persönlichkeit: Werner Mang ist nicht nur Schönheitspapst, wie ihn die Boulevardpresse oft bezeichnet, sondern er ist schlechthin der Gott der Schönheit, weil er sich einer vernünftigen, natürlichen, göttlichen Schönheitschirurgie und nicht dem gekünstelten, eitlen Schönheitswahn verpflichtet sieht und fühlt. Er korrigiert, repariert oder vollendet die göttliche Schöpfung. Die Schönheitsgöttin an seiner Seite ist seit 1975 seine geliebte Sybille, die er 1985 geheiratet hat. Dr. Becker lernt die attraktive, intelligente und sehr starke Frau während eines Abendessens im Anschluss an die Seminare kennen. Er erfährt, dass sie stets an der Seite ihres Mannes stehe und ihn in jeglicher Hinsicht unterstütze. Der Professor fügt hinzu, dass sein Weg zum Erfolg oft auch steinig gewesen sei, er sich aber immer und überall des absoluten Rückhaltes seiner selbstbewussten Frau sicher sein könne. Auch in Zukunft werde er mit seiner Traumfrau an seiner Seite alles schaffen, was er anpacken werde. Sie sei die starke Partnerin, die ihm den Rücken freihalte, sodass er, der Workaholic, sich ganz seiner Schönheitschirurgie widmen könne. Aber sie habe ihr Leben nie hintenangestellt: nach der Heirat habe sie sich nicht nur in Ihrer Rolle als Mutter von zwei wunderbaren Kindern, Gloria und Thomas, verwirklicht, sondern sie habe auch stets von zuhause aus gearbeitet und trage bis heute buchstäblich zum Erfolg der Bodenseeklinik bei. Nicht vergessen werden darf in Bezug auf Frau Mang, dass sie als leidenschaftliche Kunstsammlerin seit 11 Jahren in der historischen Altstadt von Lindau eine eigene erfolgreiche Galerie (Man-Gallery) besitzt, als Mäzenin begabte deutsche und internationale Nachwuchstalente fördert und bezüglich ihres Gatten dürfen dessen hervorragenden medizinisch kosmetischen Produkte, die Ultra Face Anti – Aging Pflegeserie, nicht unerwähnt bleiben. Dr. Becker hat in Erfahrung gebracht, dass der Professor sich seit über 30 Jahren mit dem Thema ewige Jugend durch Anti Aging befasst. Jeder kennt den uralten Wunschgedanken der Menschheit, ewig jung zu bleiben. Wer frisch und jung aussieht, der wirkt gleich selbstbewusster und tritt auch dynamischer auf. Makellose Haut spielt dabei eine sehr wichtige Rolle, denn eine strahlende Haut verschleiert das wahre biologische Alter einer Person. In diesem Zusammenhang bieten Anti-Aging Produkte die Möglichkeit, das Rad der Zeit des äußeren Erscheinungsbildes zurückzudrehen und die medizinische Intensivkosmetik von Professor Mang stellt eine neue Dimension im Kampf gegen die Hautalterung dar. Sie kann das Älterwerden verzögern, oder wie Dr. Becker es ausdrückt, verhindern. Für Hans Becker ist Professor Werner Mang ein reicher Mann und dies vor allem im übertragenen Sinn des Wortes: er führt ein interessantes, lebendiges und abwechslungsreiches Leben als leidenschaftlicher und engagierter Arzt, dessen Lebenswerk, die „Mang-Stiftung", sich sowohl sozialen, karitativen Projekten widmet (Notleidendende gratis operativ versorgt) als auch alte Häuser in Lindau saniert und renoviert; als temperamentvoller Ehemann und als fürsorglicher, liebender Vater und Großvater. Als einfallsreicher, produktiver Mensch strotzt er von geistreicher Tatkraft. Er überrascht und begeistert sein Umfeld mit seinem Ideenreichtum immer wieder aufs Neue.

Plötzlich übermannt Dr. Hans Becker das Gefühl der Melancholie, denn er denkt über sein eigenes

Leben nach. Auch er hätte es bestimmt weiterbringen können, hätte ihn seine Sibille so unterstützt, wie Sybille Mang es tut. Obwohl beide Frauen fast Namensvetterin sind, haben sie nichts gemeinsam. Nichtsdestotrotz will Hans ehrlich sein und bemerkt im Stillen, dass auch er niemals so mutig, risikobereit und willensstark gewesen ist, wie der Professor. Werner Mang ist einfach ein Macher, ein Mann der Tat und des Handelns. Er, der Ungeduldige, redet nicht lange, sondern tut etwas. Er denkt groß, träumt noch größer und baut die größte europäische private Schönheitsklinik. Er träumt nicht sein Leben, sondern er verwirklicht zielbewusst seinen Traum bzw. seine Träume. Nie hätte der zurückhaltende, von Risikoaversion geprägte Hans Becker es gewagt, eine größere Spezialarztpraxis, geschweige denn eine Privatklinik, aufzubauen. Für einen solchen Schritt bedarf es Zukunftsvisionen und vor allem weist Dr. Becker bei Weitem nicht den beruflichen Werdegang eines Professor Mangs auf. Dr. Becker besitzt lediglich einen Facharzttitel, er hat nie habilitiert und auch keine Auslandssemester in Amerika oder in dem Vereinigten Königreich belegt. Auch hat er nie den „Nestor der Plastischen Chirurgie" persönlich kennen gelernt und somit ist ihm weder ein Aufenthalt noch eine Zusammenarbeit in dessen Privatklinik in Botafogo

(Brasilien) gegönnt gewesen. Professor Mang hat bereits als kleiner Junge aus Plastilin ebenmäßige Gesichter vor allem Nasen modelliert und insgeheim schon gespürt, dass er plastischer Chirurg werden wollte. Sein festes Ziel stets vor Augen reiste er mit 18 Jahren zu seinem Vorbild, der Ikone der plastischen Chirurgie, Prof. Ivo Pitanguy, nach Rio de Janeiro und harrte vor dessen Privatklinik einen ganzen Tag aus, bis dieser sich endlich Zeit für ihn nahm. Der erfahrene und berühmte brasilianische Professor erkannte sofort Mangs Talent, dessen Berufung und dessen Passion zu einem der weltweit besten Schönheitschirurgen zu werden. Dr. Becker, der das Glück hat, Prof. Mang persönlich zu treffen und von ihm zu lernen, reist voller Bewunderung für diesen einmaligen Menschen nach Bad Ragaz zurück.

Am darauffolgenden Morgen schwärmt er seinen Kollegen von diesem erhabenen Mann vor. Da diese bereits an einigen Kursen in der Bodenseeklinik teilgenommen haben, bestätigen sie Dr. Beckers begeistertes Urteil. Hans hat, dank seines Besuches in der Schönheitsklinik eine neue, vielleicht bahnbrechende Idee sowohl für das Resort als auch für die Bodenseeklinik gewonnen. Diese Win-win-Situation von der vor allem die Patienten profitieren, stellt er gleich seinem Chef, dem ärztlichen Direktor des Medizinischen Zentrums, vor. Dr. Becker hat von Prof. Mang erfahren, dass auch er die Kryolipolise mittels Cool Sculpting, des Öfteren eine Alternative zur klassischen Fettabsaugung, da es eine nicht invasive Verfahrensweise bietet, in seiner Klinik in Lindau sehr erfolgreich eingeführt und die Bodenseeklinik somit zum CoolSculpting Zentrum Süddeutschlands gemacht hat. Weiterhin können sich seine Patienten seit Februar 2017 auch in seiner "Cool Clinic" im Steigenberger Hotel Der Sonnenhof in Bad Wörishofen behandeln lassen. Viele Menschen, Frauen wie Männer, scheuen sich davor, eine Schönheitsklinik zu betreten, aber ein Hotel, welches eine solche Klinik anbietet, stellt ein weitaus verlockenderes Angebot dar. Zumal sich die Patienten vor und nach der Behandlung im Hotel ohne Einschränkung verwöhnen lassen können. Der Erfolg der Kombination eines Resorts mit einer Reha Klinik zeigt sich ja bereits seit vielen Jahren in Bad Ragaz. Während die "Clinic Bad Ragaz" Rehabilitationsmedizin auf weltweit höchstem und luxuriösestem Niveau anbietet, fokussiert sich das Medizinische Zentrum auf Wellbeing-Anwendungen für die Gesundheit und das Wohlergehen. Mit der Erweiterung des Schönheitsgedankens und der Investition in eine solche Cool

Clinic würden nicht nur in Deutschland, sondern auch bald in der Schweiz zukünftig die Menschen ihrer Traumfigur während eines Wellnesswochenendes oder unter der Woche näherkommen können, indem sie entspannte und ausgeruhte Urlaubstage mit der Behandlung von störenden Problemzonen optimal verbinden können. Die kostbare und begrenzte Zeit bestmöglich zu nutzen, ist für viele Menschen quer durch alle Generationen zum Lebensmotto geworden, genauso wie sich um die eigene Gesundheit und Schönheit zu kümmern. Für eine medizinische Untersuchung oder eine Schönheitskorrektur braucht man nur in das Grand Resort Bad Ragaz zu reisen und sich im eigenen Medizinischen Zentrum behandeln zu lassen. Das Grand Resort Bad Ragaz könnte, wie bereits erwähnt, mit einer solchen Cool Clinic sein ganzheitliches Medical Wellness Konzept weiter stärken. Dr. Becker erwähnt, er habe aber noch nicht mit Prof. Mang über sein Vorhaben gesprochen, da er sich zuerst nach der werten Meinung des Fachbereichs für ästhetische und plastische Chirurgie im Medizinischen Zentrums Bad Ragaz erkundigen möchte. Des Weiteren spricht Hans Becker über die Möglichkeit die bestehenden Produkte (Shampoo, Conditioner, Duschelgel...) der 36,5 Grad Cosmetics weiter auszubauen und eine einzigartige Kosmetiklinie zu entwerfen. Er schlägt die Namen "36,5 Blaues Gold", "36,5 Jungbrunnen", "36,5 Skin" vor. Da das Resort bereits 2015 aus dem Thermalwasser ein hauseigenes Jubiläumsbier, das "Quell 36,5 Grad", kreiert hat, warum nicht auch Anti-Aging Hautpflegeprodukte, aus dem reichhaltigen puren "Blauen Gold", "der Quelle der ewigen Jugend"? Somit könnte die Hauskosmetik die hauseigene Produktpalette ergänzen. Was aus diesen beiden Ideen wird, wird sich in den folgenden Jahren zeigen.

In der Folgezeit bemerkt Hans immer stärker wie sehr er sich in der Schweiz zuhause fühlt. Dies liegt zum einen an seiner Tätigkeit als Arzt, an den Mitarbeitern, an den Unternehmungen mit seinem Freund Dr. Löhle, an der Zeit, die er für sich selbst hat. Vor wenigen Tagen schnallten Werner und er spontan am Samstag ihre Skier an und fuhren mit der Gondelbahn Bad Ragaz zum Pardiel hinauf, um auf den perfekt präparierten und schneesicheren Pisten aussichtsreiche Panorama- Abfahrten vom Rheintal bis hin zum Bodensee herunterzufahren. Zum Pistenspaß kam die Fahrt mit der neuen ultramodernen 6er-Sesselbahn Schwamm im futuristischen Porsche-Design inmitten dieser atemberaubenden Szenerie hinzu. Hans Becker hat bereits auf vielen 6er- Sesselbahnen gesessen, aber diese übertrifft in punkto Schnelligkeit, Komfort und Stil bei Weitem alles bisher erlebte. Zum Mittagessen kehrten sie im <u>Bergasthaus Pardiel</u> ein und genossen in der urgemütlichen Arvenstube die gutbürgerliche Küche mit ihren deftigen und traditionellen frisch zubereiteten Gerichten. Zum anderen ist Hans Becker im Heidiland heimisch geworden, weil er sich hier noch nicht mit den Fehlentscheidungen der EU herumplagen muss. Auch beschließt er, seine Wohnung in Deutschland und seine medizinischen Geräte sobald wie nur möglich zu verkaufen, weil auch in Deutschland die Immobilienblase zu platzen droht. Allerdings gestaltet sich der Verkauf immer schwieriger, denn immer mehr wohlhabende Menschen verlassen die deutschen Großstädte (2015 sind schätzungsweise 1000 Millionäre aus Deutschland geflüchtet) und die Euro-Zone. Ganz zu schweigen von Paris, um die 7000 Millionäre sind in den letzten Jahren aus der französischen Hauptstadt weg- und ins Ausland gezogen. Die Superreichen packen ihre Geldkoffer, lagern somit ihre Wirtschaftsgeschäfte und Geschäftsaktivitäten aus und wandern ab bzw. aus und die Flüchtlinge wandern zu bzw. ein. Eine schöne Perspektive, die sich nicht wegleugnen lässt für die stark angeschlagenen, schwachen Euroländer. Zukunftslose Euro-

Zone? Diese Frage beantwortet Hans Becker klar und deutlich mit einem lauten JA, denn für ihn liegt diese klinisch tot auf der Intensivstation. Warum denkt "Europa" und vor allem Deutschland nicht an allererster Stelle an sich selbst? Warum muss die Bundesrepublik alle Flüchtlinge d.h. auch Wirtschaftsflüchtlinge aufnehmen? Warum gilt hier nicht die Maxime "Europa First"? Sowie der neue amerikanische Präsident Amerika wieder großmachen möchte und die Bedürfnisse der Amerikaner an oberste Stelle setzt? Dr. Becker möchte hier nicht Donald Trump zujubeln, dafür ist es zu früh. Der amerikanische Präsident muss sich erst in seinem Amt beweisen und seine Versprechungen in die Realität umsetzen. Sein Ansatz ist für sein Land hervorragend, die Zeit wird zeigen, ob seine Worte leere Phrasen eines Narzissten oder doch vielleicht wahre Parolen sind. Dr. Löhle sieht Trumps Amtszeit allerdings, wegen der möglichen dubiosen Russland-Kontakte seines Wahlkampfteams, gefährdet.

Um den Verkauf seiner Immobilie voranzutreiben, fährt Dr. Becker nach Deutschland. Als er seine Wohnung aufschließt, staunt er, wie fremd er sich in seinen eigenen vier Wänden fühlt. Dies ist nicht mehr sein zuhause, indem er über zehn Jahre gelebt hat. Auch seine wohnliche Einrichtung schafft es nicht, ihm das Gefühl der Geborgenheit zu vermitteln. Fraglich bleibt, ob er sich je geborgen gefühlt hat oder ob er nur geglaubt hat, zuhause zu sein. Hans Becker betritt sein Wohnzimmer, setzt sich auf sein aus feinstem hellem Samt mit braunen orientalischen Quasten geschmückten Sofa und schaut zum Fenster hinaus. Er liebt die orientalische Einrichtungskultur, und daher befinden sich auch etliche handgewebte Teppiche in Erdfarben und kunstvoll verzierte Hängelampen aus filigran ausgeschlagenen Messingelementen in seiner Wohnung. Was er von seinem Fenster aus beobachtet, erschreckt ihn: er sieht einsame, müde, abgehetzte Gesichter von Frauen und Männern jeglichen Alters, die mit ihrem Smartphone beschäftigt sind. Auch erblickt er einige Verschleierte und Jugendliche, die einfach nur herumhängen und auf ihrem Smartphone herumklimpern. Schließlich erspähen seine Augen einige rumänische Bettlerinnen. Wieder einmal bemerkt er, wie sehr er sich doch als Außenseiter hier wahrnimmt. Die Entfremdung, welche sich in den letzten Jahren zwischen ihm und Deutschland eingestellt hat, die er aber versucht hat zu verdrängen bzw. zu ignorieren, erreicht ihn nun wieder mit aller Kraft. Er vermisst seine alte Heimat, sein Deutschland, so wie es früher einmal war.

Aber die Beschleunigung des sozialen Wandels und all die europäischen Reformen haben ihm sein Geburtsland geraubt. Niemals wird er seine Herkunft vergessen, aber er beklagt sehr die Tatsache, dass sein Vaterland für ihn klinisch tot ist. Diese Gewissheit kann er zwar weiter beweinen, aber das Lamentieren ändert nichts. Er ist daher sehr froh darüber, auf seine innere Stimme, sein Herz und seinen Freund gehört zu haben. Er ruft sich sein jetziges Leben in der Ostschweiz ins Gedächtnis und hofft voller Zuversicht auf die Schweizer Politiker. Er rechnet felsenfest mit deren glasklarer Vernunft und vertraut auf deren pragmatische Urteilsfähigkeit, damit es der Schweiz in der nahen oder fernen Zukunft niemals so ergehen wird wie den EU Mitgliedsstaaten. In der Medizin orientiert sich die Schweiz seit jeher an den USA und ist somit fachlich weitaus kompetenter als Europa. Ob die Schweiz ihr Augenmerk im medizinischen Bereich zukünftig weiter auf Amerika richtet, bleibt eine offene Frage. Donald Trump hat zwar mehrmals versichert, er werde viel Geld in die Forschung stecken und weltweit die allerbesten Fachkliniken erbauen lassen, aber können wir ihm glauben? Diese Frage kann erneut an dieser Stelle nicht beantwortet werden, allerdings bleibt zu hoffen, dass sich die Schweiz nicht auf die europäische

Medizin einschießen wird. Dennoch fürchten einige Schweizer die Einführung einer Zweiklassenmedizin. Diese gibt es teilweise bereits laut Prof. Dr. Roger Stupp, Chefarzt und Direktor der Klinik für Onkologie am Universitätsspital Zürich. Professor Stupp hat 2015 der Newsplattform "20 Minuten" gesagt, dass bereits einigen Krebspatienten die teuren Medikamente von dem Kassenarzt nicht mehr bewilligt werden würden, weil urplötzlich die Behandlung nicht mehr "ins Schema" passe. Entweder zahle der Kranke die 100.000 Schweizer Franken selbst oder der Zugang zu der höchstwahrscheinlich lebensnotwendigen Medizin bleibe ihm versperrt. Der Fakt, dass Professor Stupp Mitte Oktober die ihm angebotene Stelle an der "Northwestern University Feinberg School of Medicine" in Chicago angenommen und seinen Dienst dort angetreten hat, lässt unheilvolle Bedenken aufkommen. Die Krankenkassen müssen dringend umdenken, wenn ihnen das Leben ihrer Bürger noch etwas wert ist. Da es in der Schweiz, besonders im Raum Zürich und Genf, viele vermögende Menschen gibt, können diese noch das Geld für ihr Weiterleben ausgeben. Aber die Angst vor einer Zweiklassenmedizin geht um. Wie steht es um die weniger gut Betuchten? Hoffentlich wird aus den derzeitigen Befürchtungen nicht eine bittere Wahrheit.

Hans Becker bietet in den kommenden Tagen seine Wohnung einigen Immobilienmaklern und seine medizinische Einrichtung in Fachzeitschriften zum Verkauf an. Er hofft sehr auf einen baldigen Abschluss, damit er mit Deutschland brechen kann, bevor die Europäische Union gänzlich auseinanderbricht, und die wirtschaftliche Apokalypse nicht mehr zu stoppen ist. Auch besucht er seine treue Sprechstundenhilfe Hildegard und weitere gute Freunde, die er versucht zu überreden, ihr Leben außerhalb der EU fortzusetzten bevor es zu spät ist. Hildegard versteht ihren früheren Chef nicht und hält an den Versprechungen der Politiker fest. Sie beteuert, sie stehe auf der Seite der Kanzlerin und zitiert die Bundeskanzlerin, die erst kürzlich verkündet habe: „Großartiges ist gelungen" und dabei die Arbeit der Kommunen und aller ehrenamtlichen Helfer in der Flüchtlings- und Integrationsarbeit lobt. Dr. Becker kann es nicht fassen, wie blind viele Menschen sind. Patriotismus ist die eine Sache, aber niemand darf die Augen vor der Realität verschließen. Auch er hebt nochmals hervor, er werde niemals seine Herkunft verleugnen. Er sei und bleibe stolz auf vieles, was Deutschland und andere Länder früher bewältigt hätten, (jedoch lege er großen Wert darauf, Hitlers Machenschaften zu verurteilen) aber leider sei nun die Zeit gekommen, sich von der Europäischen Union zu verabschieden. Dr. Becker warnt seine Freunde mehrmals die Warnsignale, die es seit langer Zeit in vielen Ländern Europas gebe, nicht zu überhören. Obwohl Frau Merkel die Vorboten der jetzigen Krisen nicht sehen wolle und auch noch immer nicht sehe, sollten seine Freunde weder die Wirtschaftskrise noch die Flüchtlingskrise herunterspielen und Vorsorge für die Zukunft treffen. Seine Aussagen bekräftigt er, indem er auf einen für Focus online veröffentlichen Gastbeitrag am 27.10.2016 von dem früheren CDU Mitglied Bernd Lucke und Gründer der Alfa-Partei verweist. Dort spricht Lucke von "drei historischen Fehlentscheidungen" und beweist diese anhand von konkreten Recherchen und einem Urteil vom Europäischen Gerichtshof. Luckes vernichtendes Urteil „es sei schwer einen Bundeskanzler zu finden, der ähnlich versagt habe wie Merkel", müsste doch Beckers Freunde zu einem Aufbruch bewegen. Ob Martin Schulz, der Kanzlerkandidat der SPD mit seiner Idee, das Arbeitslosengeld zu verlängern, die richtige Wahl sei, bezweifelt Hans Becker. Sein Bekannter Paul, der mittlerweile geschiedene Unternehmer aus München, der fast sein gesamtes Vermögen in wenigen Monaten mit der rassigen Russin und an die feurige Carlotta verloren hat, denkt ernsthaft über einen Wohnortwechsel nach. Paul hat zu viel in seinem Privatleben falsch gemacht, seine Exfrau will nichts mehr von ihm hören und auch seine beiden Kinder haben ihm deutlich zu verstehen gegeben, wie sehr sie ihn verachten. Sie wünschen keinen Kontakt mehr. Paul zieht aus privaten und teils auch aus politischen Gründen einen Neuanfang in Asien in Betracht und ist auf dem "Bau Congress China" in Shanghai vom 18. bis zum 20. Juli 2017 mit einem eigenen Messestand vertreten gewesen.

Viel schneller als gedacht und erhofft, hat Dr. Becker seine Wohnung in begehrter Innenstadtlage zu einem vernünftigen Preis verkauft. Leider gibt es für seine technische Einrichtung bislang keinen potentiellen Käufer. Hans Becker hat alle medizinischen Geräte in einem angemieteten Lagerraum unterstellen müssen, Hildegard die "Verwaltung" übertragen, sie gebeten einen Interessenten zu finden und das Geschäft in seinem Sinne abzuwickeln. Was die Wohnungseinrichtung angeht, so hat er sein gesamtes Wohnzimmer, einige hochwertige Lampen und Teppiche, sowie Lieblingsstücke in seine neue Heimat, unter den zu beachtenden Zollbestimmungen einführen lassen. Auch hat er sämtliche Formalitäten für die Ummeldung und Einfuhr seines Autos erledigt.

Den letzten Abend auf deutschem Boden verbringt er im Kreise seiner Freunde, die er nochmals auffordert, seinem Beispiel zu folgen, um besser leben zu können und weist auf den berühmten Spruch der Schweizer Lyrikerin Monika Minder hin: „Nur die Mutigen wissen, dass es nur eine Lebenszeit gibt". Dr. Becker verweist außerdem auf die beiden, in dem Wochenmagazin "Stern", publizierten Artikel vom 4. und 22. März 2017, in denen einerseits die Journalisten die „Euro-Zonen-Exit" Millionäre beschreiben und sich dabei auf eine Studie des „globalen Vermögens-Report: Weltweiter Wohlstand und Trends der Vermögens-Migration" unter der Leitung von Andrew Amoils, stützen. Dieser spricht schonungslos die Wahrheit aus, welche von der Politik totgeschwiegen wird. Warum die Politiker schweigen, weiß Dr. Becker nicht. Er vermutet, dass diese ahnungslos sein wollen und sich hauptsächlich um ihr eigenes Wohl kümmern. Andererseits erwähnen die Stern-Journalisten den „Hurun-Report", welcher sich, unter der Leitung von Rupert Hoogewerf den „Migranten der besonderen Art" widmet. Der Forscher Hoogewerf kommt zu folgendem erschreckenden Entschluss: "Deutschland ist überraschenderweise das Heimatland Nummer Eins für auswandernde Milliardäre (…) Lieblingseinwanderungsland des deutschen Großvermögens ist die Schweiz". Hans Becker gehört zwar – genauso wie seine Freunde – leider nicht zu den Millionären / Milliardären, aber er rechnet in Zukunft auch mit einer Flucht der Mittelschicht aus der EU. Als einer seiner Freunde bemerkt, er könnte sich vorstellen ins beschauliche Luxemburg zu ziehen, hallt aus Hansis Mund ein lautes Lachen, gefolgt von einem schockierenden Monolog: „Du verkennst die Realität, mein Lieber. In Luxemburg lauert die Gefahr überall. Tagsüber genauso wie nachts werden unschuldige Bürger jeden Alters und jeden Geschlechts brutal (oft von Franzosen mit nordafrikanischer Herkunft, Schwarzafrikanern, oder Drogenabhängigen, aber auch von alkoholisierten Jugendlichen, Bettlerbanden, Arbeits- und Obdachlosen) auf der Straße terrorisiert, niedergeschlagen und anschließend ihres Geldbeutels, Schmucks und Handys beraubt. Zustände wie in den Slums herrschen dort. Die Politiker reden alles schön. Die Polizei schaut machtlos zu, denn nachdem sie einen Inhaftierten der Staatsanwalt übergeben haben, setzt diese den Festgenommen nach einem Protokoll und Feststellung seiner Personalien wieder auf freien Fuß. Die Justiz handelt nicht. Luxemburg ist alles andere als sicher. Dort herrscht ein unbarmherziger Straßenkrieg unter den organisierten Bettler- und Diebesbanden sowie den Drogen- und Menschenhändlern. Das organisierte Verbrechen hat auch vor dem einst so friedlichen, lebenswerten Luxemburg nicht Halt gemacht." Beckers Freunde lauschen ihm verblüfft und mit fassungsloser Miene zu. Aber sie sind noch nicht bereit, die Konsequenzen zu ziehen.

Als Hans Becker am nächsten Morgen den Grenzübergang Weil am Rhein passiert, verabschiedet er sich mit den Worten auf Wiedersehen Deutschland und ein frohes Gruezi schallt auf Schweizer Seite aus seinem Mund. Zunächst denkt er an Albert Einstein, der auch eine Zeitlang Schweizer Staatsbürger war und nicht nur das physikalische Weltbild maßgeblich bis heute verändert hat, sondern auch die menschliche Wahrnehmung von Raum und Zeit. Vor allem aber richtet sich Beckers Dasein nun nach Einsteins berühmten Zitat über die Zeit und das Leben: „Genieße deine Zeit, denn du lebst nur jetzt und heute. Morgen kannst du Gestern nicht nachholen. Und später kommt früher als du denkst". Für Hans Becker ist die Zeit gekommen, Deutschland zu verlassen. Er lebt im Hier und Jetzt und das bedeutet für ihn die Schweiz, in die er sich verliebt hat. Aber wer weiß schon was kommen wird. Dr. Becker hat sich für fünf Jahre im Medizinischen Zentrum verpflichtet und ein Feuerwerk der Freude übermannt Hans beim Gedanken an sein zukünftiges Leben in <u>Bad Ragaz.</u> Er hat die richtige Entscheidung getroffen, indem er seine europäische Heimat, in der er sich zunehmend von der Welt entfremdet gefühlt hat, hinter sich gelassen hat. Die Ostschweiz, die ihn begeistert und verzaubert, bietet wahrlich facettenreiche Schätze in den vier Jahreszeiten. Im Winter kann man nicht nur tagsüber Ski- oder Schneeschuhlaufen, einen gemütlichen Fondueplausch im Schnee erleben, auch Nachtskifahren und Nachtschlitteln sorgen für eine besondere Bergatmosphäre. Im Frühling und im Sommer laden der Duft von Gras und satten Wiesen zu fantastischen Wanderungen und zum Verweilen in den Bergen, wo jeder dem Alltagstrubel entfliehen, tief Luft holen und zur Ruhe kommen kann, ein. Zahlreiche Pfade führen auch im Tal zu wunderschönen Orten, einer genussvoller als der andere. Aber nicht nur die gesunde Bergluft kann man im <u>Heidiland</u> einatmen, sondern auch klare Seeluft. Der 20 Minuten entfernte <u>Walensee</u> bietet vielfältige Wanderrouten und einen abwechslungsreichen Schifffahrtsplan. Das autofreie Dorf, Quinten, mit seiner malerischen Lage ist stets eine Entdeckungsreise wert. Den Herbst kann man auf einmaligen, in traumhaft schönen Park- oder Gartenanlagen, eingebetteten Golfplätzen mit atemberaubender Bergkulisse (besonders hervorzuheben gilt der ans Resort Bad Ragaz angrenzende Golfplatz, der 18-Loch PGA Championship Course mit neuem lichtdurchflutetem Clubhaus) ausklingen lassen, um nur einige wenige Highlights, die Dr. Becker in der Zukunft plant, zu nennen. Wäre er ein begeisterter Fahrradfahrer, so würde die Bündner Herrschaft ihm eindrucksvolle Wege bieten können. Leider ist er weder ein Mountainbiker noch ein (Elektro)radfahrer. Als Kunstliebhaber freut er sich bereits jetzt auf die Bad RagARTz, die im Mai 2018 zum siebten Mal eröffnet wird und begibt sich auf die Promenade der Skulpturen an der Tamina zum Rhein, weiter durch den Giessenpark zum Giessensee.

Wohin es Dr. Becker später treiben wird, bleibt unbeantwortet. Die italienische Schweiz übt trotz der bedenklichen Worte Dr. Trümligs noch immer einen großen Reiz auf ihn aus und er wird von Bad Ragaz aus sicherlich des Öfteren ins Tessin fahren. Aber auch der Bodensee hat ihn bei seinem ersten Besuch in seinen Bann gezogen. Er wird mit großer Freude 2018 nach Lindau fahren, denn dort findet im Juni 2018 in der neuen Inselhalle der Weltkongress der Ästhetischen Chirurgie und der Zahnmedizin statt. Prof. Mang hat ihn zu diesem Kongress eingeladen. Für Dr. Hans Becker bietet Lindau im Dreiländereck Deutschland-Österreich-Schweiz internationales Flair und wird durch die geplanten wichtigen Investitionen bald eine noch reizvollere Zukunft haben. Obwohl Lindau sich auf der deutschen Seite des Bodensees befindet, vermittelt diese bayerische Stadt jedem Besucher bereits bei der Hafeneinfahrt mit seinem Löwen und seinem Leuchtturm ein Gefühl intensiver Geborgenheit. Dieses Wohlbefinden setzt sich sowohl bei einem Spaziergang durch die Altstadt mit ihren pittoresken Häusern, die einen einzigen Zauber ausstrahlen als auch bei einem gemütlichen Schlendern durch die zahlreich verwinkelten Gässchen, fort. Prof. Mang, der in Lindau aufgewachsen ist, hat – wie bereits erwähnt – vor 25 Jahren seine Bodenseeklinik auf dieser einmaligen Insel erbaut. Aber auch Politiker, wie zum Beispiel Horst Seehofer loben Lindau: „Wen der Herrgott besonders liebt, den lässt er in Lindau leben", hat der Ministerpräsident am 15. November 2016 der Schwäbischen Zeitung gegenüber preisgegeben. Auch Dr. Hans Becker hat bei seinem ersten Besuch sofort das gewisse Etwas dieser Stadt, in der es anstatt Kriminalität Lebensqualität zu geben scheint, wahrgenommen. Die Zukunft wird ihm seinen weiteren Weg zeigen.

Bibliographie

Amy Chua: Die Mutter des Erfolgs. Wie ich meinen Kindern das Siegen beibrachte. Nagel&Kimche,2011

Focus Online: 21.10.2017 / 27.10.2017

Tomasz M. Froelich, Michael von Prollius: Bildungsvielfalt statt Bildungseinfalt. Edition Forum Freie Gesellschaft, 2015

Walter Keitel; Helmuth Nürnberger: Theodor Fontane: Werke, Schriften und Briefe. Hanser Verlag, 1996

Monika Minder: www.minder-gedichte.ch

Schwäbische Zeitung: 15.11.2016

Dorothea Siems: Die Welt, 11.04.2016

Spiegel Online: 17. 02. 2014; 14. 07. 2016

Stern: 4.3.2017 / 22.3.2017

St. Galler Tageblatt: 6.12.2016

Roger Stupp: 14. 09. 2015 um 12:36 Uhr "20 Minuten"

René Zeyer: Armut ist Diebstahl. Warum die Armen uns ruinieren. Campus Verlag GmbH, 2013

Anhang

**Vorschau auf die Ende Oktober 2017 publizierte
Reiseerzählung der etwas anderen Art:
"Professor Rütli Zürich, Shanghai, Dubai – was
nun? Herr Professor"**

Dr. Ali Ahmed, leidenschaftlicher ästhetischer Chirurg, zeigt den Lesern in dieser packenden Reiseerzählung eine gelungene Symbiose von Lebensgenuss und Arbeit. Ein auktorialer Erzähler führt in einem erfrischend angenehmen Schreibstil durch die Geschichte, welches authentisches Bildmaterial beinhaltet und erzeugt somit einen atemlosen Lesefluss. Die Handlung spielt in einer luxuriösen Welt und der Autorin, Amal Blu, gelingt es, den Leser in die Welt Ihrer Figuren, welche von intensiver Lebendigkeit geprägt sind, hineinzuführen.

Amal Blu beschreibt anfangs in Ihrem Werk das bis ins kleinste Detail durchstrukturierte und völlig am Dienst seiner Mitmenschen ausgerichtete Leben des 50-jährigen unverheirateten Schönheitschirurgen Professor Rütli. Dieser beabsichtigt, eine zweite Privatklinik im asiatischen oder arabischen Raum zu eröffnen. Rütlis Begegnungen in China und vor allem in den Vereinigten Arabischen Emiraten lassen in ihm Schritt für Schritt eine neue Weltsicht reifen. Er führt interessante Gespräche mit potentiellen Geschäftspartnern und Frauen, die mit Erfolg ihre Berufung und ihr Familienleben gestalten. In der Liwa-Wüste erlebt der Professor letztlich ein Schlüsselerlebnis.

"Professor Rütli Zürich, Shanghai, Dubai – was nun? Herr Professor"

- Ein besonderer Reisebegleiter durch den Aspekt der "Multikulturaliät" und "Luxuriösität"
- Ein einzigartiger Wegbegleiter für Shanghai, Suzhou, Hangzhou, Dubai, Abu Dhabi und die Musandam Halbinsel

Vorschau auf das neue Projekt von Amal Blu: "Mein Leben mit Luigi" -ein gelebtes Leben?

In dem im Dezember 2017/Januar 2018 publizierten Werk beschreibt Amal Blu eine schicksalhafte Liebesgeschichte zwischen Vanitas (Vergänglichkeit) und Fortuna (Glück). Die ordnungsliebende angehende Gymnasiallehrerin Klara verliebt sich in den chaotischen zukünftigen Modedesigner Luigi. Sie zieht zu ihm in die Fashionmetropole Mailand und lebt zunächst mit ihm sein Leben. Die Autorin legt eine informative Erzählung über den ungeschminkten Alltag und die facettenreichen Reisen der beiden Protagonisten in einem teilweise witzigen Stil, vor.

Eines Tages schlägt das Schicksal unbarmherzig in Klaras Leben ein und zwingt sie, über ihr bisheriges Leben mit dem kapriziösen Luigi nachzudenken. Sie stellt schnell Risse in ihrer Ehe fest: während der theatralische, feurige und lebenslustige Modeschöpfer das abenteuerliche und pulsierende Leben als Glücksspiel ansieht, leidet Klara zusehends unter dieser oberflächlichen Lebensauffassung. Sie versucht einen quälenden Kampf, um das Spagat zwischen Kreativität und Kontrolle zu schaffen.

Amal Blu entführt ihre Leser nach Indien und diese lernen interessante und schonungslose Fakten über die indische Kultur und die indischen Lebensgewohnheiten kennen. Weiterhin führt Luigis Muse, Klara, die Leser nach Down Under.

Die Geschichte enthält viel exotisches Lokalkolorit, spielt an realen Orten und beinhaltet authentisches Bildmaterial.

"Mein Leben mit Luigi" – ein gelebtes Leben?

- Eine Geschichte, wie sie das Leben schreibt.
- Ein alternativer Reisebegleiter für Indien (Neu-Delhi, Agra, Jaipur, Jodhpur, Udaipur) und Australien(Melbourne, Ballarat, Sydney, Blue Mountains, Tasmanien).

Zeitfracht Medien GmbH
Ferdinand-Jühlke-Straße 7
99095 Erfurt, Deutschland
produktsicherheit@kolibri360.de